摄影：川上尚见

明
室
Lucida

照 亮 阅 读 的 人

邂逅
户川纯随笔集

Togawa Jun

［日］户川纯 著　余梦娇 译

北京联合出版公司
Beijing United Publishing Co.,Ltd.

目录

一　邂逅

远藤道郎 ｜ 003
町田康 ｜ 015
三上宽 ｜ 033
洛丽塔顺子 ｜ 061
久世光彦 ｜ 093

二　追悼

蜷川幸雄 ｜ 117
远藤贤司 ｜ 149

三　解说

Phew（Aunt Sally）| 163
冈本太郎 | 181
杉浦茂 | 187

后记 | 193

一 邂逅

远藤道郎[1]

谈论远藤道郎是困难的。不是因为他晦涩难懂，而是因为说起他来，我的话总是没完。我想尽可能写出自己所了解的道郎的魅力，即便显得支离破碎。结交道郎是在2000年前后，并非20世纪80年代[2]，这让众人觉得"意外地很晚"。那天我去新宿看Phew[3]

---

[1] 远藤道郎（1950—2019）：日本摇滚乐手，生于福岛县，本名远藤道郎，从艺时使用的假名"ミチロウ"即"道郎"的发音。20世纪80至90年代以乐队"斯大林"主唱的身份活跃在音乐圈。乐队正式解散后继续以个人名义及其他乐队团体的名义从事音乐活动，是见证日本地下音乐场景的重要人物。2019年因胰腺癌逝世，享年六十八岁。——译者注，全书同

[2] 1961年出生的卢川纯于1980年正式出道，开展演艺活动。

[3] Phew（1959—　）：日本女歌手、电子音乐人、前卫实验音乐人。自1979年出道以来经历过数个拥有重要地位的音乐组合。本书第三章第一篇将以她为主角展开。

的朋克乐队 MOST 的演出，道郎也参加了那场活动。在庆功宴上，他主动向我介绍了自己。道郎在蜷川幸雄先生导演的戏剧中演过好几个重要角色，而我也有幸出演过其执导的契诃夫剧本《三姐妹》[1]中的伊琳娜。其实1984年首演、由名取裕子和平干二朗主演的剧目《冬末探戈》，就使用了我的两首歌：《蛹化之女》（蛹化の女，据帕赫贝尔的《卡农》填词而成）和《谛念祭祀曲》（諦念プシガンガ）。那部剧也使用了道郎的《卡农》（同样据《卡农》填词而成）。

才刚碰面，道郎就立马提道："我的《卡农》和卢川的《蛹化之女》在同一时期推出，真是太巧了！"当时我想，他果然还是在意这件事。其实我从音乐杂志上得知远藤道郎也翻唱了《卡农》时，非常惊讶，同时也很担心。遇到这种麻烦的巧合，音乐人怕听众以为自己"抄袭了谁谁谁"，一般在得知其他人也在做的时候，都会选择避开。但道郎既没有觉得我"在模仿"，也没有觉得自己"被抄袭"。这让我觉得他是个体贴的人，所以我也开心地脱口而出："是啊是啊。"

---

[1] 于1992年上演。

彼此都松了一口气。这就是我与道郎的初次相遇。

后来，我和MOST的山本久土（现属于道郎的乐队M.J.Q、"斯大林"）组"东口甲苯"（東口トルエンズ）时跟道郎拼盘演出过，当时东口甲苯被称为"野蛮朋克原声二人组"[1]。道郎只在彩排中听了替换《魔投手》[2]主题曲歌词而成的《东口甲苯主题曲》，就认定我们是"有趣的组合"。虽然当时觉得很不好意思，但后来我发现这种胡来的事道郎自己也没少干。在小册子《录像·"斯大林"的电视频道大战》（题目就很胡来）的边缘，画着记录道郎洗掉朋克妆用毛巾擦脸的翻页漫画。《"斯大林"传说》[3]是一本令人捧腹的爆笑之作。在我读之前，道郎指着书边笑边对我

---

[1] 原文为"バンカラパンク・アコースティックデュオ"。因为两人在演出时吉他手山本久土只演奏木吉他，所以特别强调与一般摇滚组合使用电声乐器不同的"原声"属性。

[2] 《魔投手》（侍ジャイアンツ）：日本漫画及动画作品，题材为棒球。原作漫画于1971年开始在《周刊少年Jump》上连载，后于1973年改编为电视动画，共四十八话。动画主题曲由菊池俊辅作曲。

[3] 《"斯大林"传说》（ザ・スターリン伝説）：道郎于2004年出版的著作，对《女性自身》《周刊朝日》等杂志报道进行娱乐性评论的文集。那些报道则主要是关于"斯大林"乐队从1981年出道至1985年解散期间的各种混乱事件。

说:"这个啊,其实是本撕破传说的书。"道郎的个人单曲中有《妈妈,我差不多已经忘掉你的样子了》(お母さん、いい加減あなたの顔は忘れてしまいました,以下简称"《妈妈》")和《爸爸,你曾经很了不起》(父よ、あなたは偉かった,以下简称"《爸爸》"),它们尽情地将令人恐惧战栗的哀愁与气魄,和令人难以置信的幽默精神混杂在一起。《妈妈》的内容直到拼盘演出那天之前我都没听过,只知道是他早期的作品。《爸爸》原本是他给丸尾末广的漫画写的解说还是什么,后来配上吉他的轰鸣,嘶吼了出来。当时我还没有听过《先天劳动者》(先天性労働者),听说那是在激烈的伴奏之下喊出《共产党宣言》。或许就是在那个过程中孕育了《妈妈》《爸爸》吧。

说实话,对于"斯大林"和道郎早期的作品,我差不多是在我们初次见面的十年后才知道。虽说挺失礼的,但确实不了解。20世纪80年代,"斯大林"最负盛名的时期,我正泡在名为"尼龙100%"的咖啡馆里。出入那里的人都喜欢外国音乐,听的国内音乐也已经转向"新浪潮"(New Wave)。似乎以1979年为界,大部分人都和富有攻击性的朋克拉开了距离，很少再听，也不再自己表演。[不过硬核朋克（Hardcore Punk）另当别论，玩的人直到20世纪80年代中期也还在继续。]即便如此，我还是在新宿LOFT看过几次激烈的朋克演出。只去了几次我就放弃了，因为在那样的演出中好像没有怎么听到音乐本身。现场基本是乐队成员在和观众打架，根本没在演出。虽然这或许是那个时代特有的体验，但确实喜欢听音乐的我，很快就不想再去了。在喜好打架的人士中，道郎闪烁着先驱的光辉。之前只是听说，他会在表演朋克版《敬仰吾师》[1]时，像惯常那样把猪内脏扔向观众，然后被发怒的观众拉下舞台群殴。那个时期之后过了很久，我才认识道郎，我觉得这很好。因为比起表演，我是很纯粹地听到他的音乐而喜欢上他的。而且，这也能让我们回顾性地聊起"那个时候"的旧事。我们两个都对自己的公众形象感到困扰。"女高中生被杀事件"的犯罪少年喜欢的艺人名单里有"斯大林"，所以他们自然被警察盯上，被置于负面

---

1 《敬仰吾师》(仰げば尊し)：日本歌谣，学生多在毕业典礼上作为感谢曲表演，2007年入选"日本歌谣百选"。

舆论之中。道郎告诉过我这种令他无奈的事。而我呢，收到过自称"户川纯粉丝"的女孩的信，说"想像小纯一样鼓起勇气做点什么"，于是去拍AV了。此外，我也从别人口中听到过类似的事。我害怕自己对年轻女孩的人生产生了什么奇怪的影响，恐惧不安。到最后，我们两人只能互相安慰："我们只是不顾一切做了自己喜欢的事情，绝对没错。"

虽然道郎和我在同一时期用帕赫贝尔的《卡农》填词发表歌曲，纯属偶然，但当时道郎在某本杂志上做着一个很粗暴的连载栏目，内容是找两首歌决一胜负。他告诉我在第一期就选了自己的《卡农》和我的《蛹化之女》来对决，还给我看了当时的那篇文章。道郎选的胜出者是我。当然了，"喜欢"因人而异，但特意将自己的作品和他人的放在一起，最后判定对手获胜，这是道郎才有的温柔。道郎在演出的互动时间跟歌迷提到我时说："长达二十年的爱慕真是沉重啊。"这让我非常开心。看了杂志连载上关于我那期的副标题后，我更加雀跃了。

名为"第一回，粪尿男与马桶女"。

之所以会有"马桶女"的称呼，是因为我当时出演了"TOTO卫浴"的广告。最重要的是，这可是从"斯大林"的美学角度发出的对户川纯的形容，让我欣喜若狂。道郎笑嘻嘻地跟我来了一句"抱歉啦"，简直像在说"很好笑吧"一样。我嘿嘿嘿地回了一句"没关系"，想必已传达出我的喜悦。

道郎的温柔，也体现在他循循善诱的教导中，将自己的价值观和思想强加于人绝不是他的风格。如果有人说喜欢吉本隆明[1]，我首先就会想到团块世代[2]的共产主义。但道郎在我眼中却有所不同。我的故乡新宿在20世纪60年代也经历过斗争，现在那里住着很多和善的大哥，道郎给我的感觉和他们很像。年轻幼稚的我也曾那样，讨厌法西斯。然而，现在的日本时常让我感到压抑：不敢像美国那样大肆赞扬"爱国主义"，对制度的反抗本身也成了一种制度。当然，我绝非是在肯定日本过去的军国主义。对于我这种纠结的心情，

---

1 吉本隆明（1924—2012）：日本知名思想家、评论家、诗人。被称为"日本战后思想的巨人"，是新左翼运动的创始人。著有《艺术的抵抗与挫折》《共同幻想论》等。次女是作家吉本芭娜娜。
2 日本1947至1949年间新生儿激增时期出生的一代，被称为"团块世代"。在人口金字塔中，此年代的人数最多，故得名。

道郎大概也有所感触吧。有一天他对我说："没有国家就不会有战争了。"

这是软银（Soft Bank）的广告里，偶像团体SMAP若无其事说出来的一句话。虽然在其他地方也经常听到，但在这则广告里，成员们去了亚洲某国旅行，在路过的货摊上吃着米粉之类的美食，谈笑风生。那句话看起来像是没有剧本的即兴对话，但我确信一定有。

"因为有国家，所以才有战争。"

"那取消国家不就行了。"

对话大概是这种走向。这让我想起同样出自软银的狗爷爷一家[1]的广告。这是一个日本人和美国人和谐相处的家庭，甚至超出人类这一物种，拥有犬科成员（还是一家之主的身份）。从那则SMAP的广告开始，我感觉到有什么东西在渐渐且确实地渗入我的生活。

然而，道郎以同样的台词开场，效果却完全不同。他一点也不"渐渐"，而是单刀直入，同时又有着与孩童对话般的温柔。

---

[1] 此处指在软银广告中出现的虚构家庭"白户家"，家中的爷爷是一只白色柴犬。

"明治时代因为有外国人打过来嘛，所以必须团结起来共同抗敌。""虽然德川时代太平了三百年，但战国时代可是各国混战来着。""因为锁国了嘛，所以国外来的敌人也就不存在了。"

"就连江户这样的太平盛世，读了《卡姆依传》[1]也会发现是一团乱呢。"这点我也赞同。

"所以啊，要消灭战争就要取消国家。"

道郎总是笑着说这样的话。道理我也都明白，但我幼时经历过1970年安保运动下动荡的新宿，听了那种话，心底难免涌起一股抗拒情绪。我深切地感受到自己的所谓"右"，是一种感性结构。[2]

我想起一件事，说道："《独立日》这部电影不就拍了吗？外星人打过来了，地球上各个国家团结抗敌。日本人、自卫队，或者说日本军，总之有一个男

---

[1] 《卡姆依传》(カムイ伝)：日本漫画家白土三平的长篇作品。最初于1964至1971年间在重要的漫画杂志 GARO 上连载，之后又推出了外传及第二部，至今未完结。其历时之长，可视为白土三平的生命之作，也影响了之后很多重要的漫画家。
[2] 这段话是说，自己出生在新宿，家乡是新宿，但是因为激进的左派斗争，新宿的街头陷入混乱。童年的自己对这样的场景感到不适，于是在情感上不喜欢左派思想。

人的特写，他盯着镜头，敬礼。"

道郎笑着回道："或许就是因为外星人打来了，所以地球各国之间的战争才能消失吧。"

是啊，想要跟我这样的人讲道理，就要用道郎这样温柔的方式才行。

说起来，从世代来说，道郎属于全共斗世代[1]，但他并没有加入民谣浪潮，而是在遇到朋克后才认定"就是它了"。于是才有了"斯大林"。道郎在被视为过激的朋克风格中浸淫了如此之久，在2011年又战斗在了第一线。当然，这已经是与"穷途末路"或"摧毁一切"完全不同的战斗。但读了"FUKUSHIMA!"[2]的宣言后，我明白了道郎并未改变太多。"我要将痛苦、愤怒、懊恼、悔恨、不安、焦躁全都倾泻而出。"（摘自宣言）

---

[1] "全共斗"是"全学共斗会议"的简称，是1968至1969年期间，新左翼派及无党派的学生运动组织。所谓"全共斗世代"，是指与"全共斗运动"相关的一代人。

[2] "FUKUSHIMA"即远藤道郎家乡"福岛"的读音。"FUKUSHIMA!"是自2011年8月15日起，在日本东北大地震受灾地福岛开展的公益活动项目。聚集了在福岛出生长大的音乐家和诗人的志愿者，以远藤道郎、大友良英、和合亮一为首，组织开展各类公益活动。

或许这样说太不谨慎，但我确实从中感觉到道郎的世界与他的故乡FUKUSHIMA重叠了。那是把《爸爸》《妈妈》中的幽默摘除后留下的世界，也是在充满攻击性的演出中，赤裸身体绽放着先驱光辉的道郎自己。

道郎将宣言文与优美的描写捆绑在了一起。"这就是我的家乡。"这不是什么理论，而是对家乡最朴素的热忱，这种感情拥有"与福岛的天空一样湛蓝而闪耀的美"。被这样的情绪推动，哪怕力量渺小也一定要抗争。如此想来，我和道郎的立场相差不远。

最后，读了这篇文章而对我和道郎产生兴趣的读者，我希望你们一定要去听两张唱片：一张是道郎的个人专辑 *I.My.Me/AMAMI*，他翻唱了我的《蛹化之女》和《朋克蛹化之女》；一张是我致敬他的专辑 *Romantic*，收录了我作为回礼翻唱的他的《卡农》。

正因为是这样的道郎，也因为是这样的我，专辑里描写风景的歌词美丽而清爽。（嘿嘿！）

（原载于 *ele-king* 3号、4号，
2011年9月、12月修改增补）

町田康[1]

町田町藏（町田康）只来过我家一次。当时我住在南青山，他和同样从大阪上京的男性友人（以下简称"A"）一起跑来拜访我。

这次见面的契机，是我偶然在法政大学看了INU的演出后，对A说："町田町藏太狡猾了。明明是个好男人却非要搞什么朋克。"结果A把我的话告

---

[1] 町田康（1962— ）：日本小说家、音乐人，曾用艺名町田町藏。生于大阪府堺市。1979年作为主唱组成乐队"INU"，1981年以传奇专辑《别吃了！》(メシ喰うな！)正式出道，三个月后乐队解散。之后继续以其他名义从事音乐活动，并开始涉足影视表演，合作过的导演包括石井聪亘（石井岳龙）、若松孝二、诹访敦彦等。1996年作为小说家出道，2000年凭借《零零碎碎》（きれぎれ）获得第一百二十三届芥川奖。现主要作为作家活跃于文化界。

诉了町田，町田就跟当时交往的女朋友（町田叫她老婆）耍威风说："看吧，我在江湖上可是个好男人。"[1] 听起来特别心满意足。可是这两个人居然什么招呼都不打就跑来我家。

门铃响了，传来了 A 的声音，我打开门看到 A 和町田并排站着，吓了一跳。町田看起来不是很高，但当时他只有十八岁，我想他之后还会再长高的。眼睛好大啊——这是我当时的心情——却没有露出凌厉逼人的眼神，他嘴上说着"这个，伴手礼"，拿出了一根茄子。我虽然说着"谢谢"接了过来，但完全不懂为什么会送茄子这种东西。后来，我经常领教到町田那"大阪大叔"的一面。

那个家的地板，除了浴室、洗漱台和卫生间（它们都贴着复古瓷砖，类似一个宽敞单间的组合型卫浴），全都铺着深褐色的纯色地毯。当时我有点洁癖，在家里都穿拖鞋，结果町田一进来就喊着"全屋地毯哇。对不住啦，户川小姐"，脱了袜子，直接躺倒。"啊，真舒服啊！"因为当时町田的这副模样看起来舒适惬

---

[1] 町田康出生在关西，原文中他所说的话皆为关西方言。

意，导致我后来也开始在家光脚行动，直到搬进木地板的房间。

接着，町田来了一句："有没有酒哇？"很不凑巧，因为我不能喝酒，所以家里是一概不备酒的。随后我突然想起厨房水槽下面柜子里有做菜用的红、白葡萄酒，酒名叫"料理天国"。于是我告诉町田："有是有，但是做菜用的。"谁知他的表情瞬间兴奋起来，开心地说："不碍事，不碍事，做菜的就很好！"可毕竟是做菜用的嘛，做肉放红酒，做鱼放白酒，这样调味才好吃。能直接喝吗？味道究竟怎么样啊？町田完全无视我的这些担心，咕嘟咕嘟地喝起了调味用的葡萄酒。

这人到底是来干吗的啊？但不得不说，他确实是个有魅力的人（大阪人里这样的尤其多）。仅仅是和他待在一起就会让人精神愉悦。町田的收入来自试吃新药，说起来也和搞朋克的他很搭调。虽然我担心他的身体，可那些搞朋克的男性朋友为了糊口，基本都在做一些危险的工作。町田最开始肯定也是被什么朋友介绍去的，抱着"轻松来钱，有钱喝酒"的心态，觉得"只做一次没什么吧"，答应了下来。

町田说:"其实今天刚把小样做完。"于是,我很荣幸地听到了INU的新曲。新曲的质地比我在法政大学听的演出还要浑浊,町田用一如既往浑浊的声音嘶吼着什么。歌词完全听不清,但与我最初"好男人却非要搞什么朋克"的印象相反,新曲的氛围让我感叹:"所谓音乐的无政府主义,原来就是这样啊。"

町田又跑到我的唱片架前,一边问着"能看看不?",一边吧嗒吧嗒地一张张翻看。

很巧,架子上有很多町田所属唱片公司"Japan Record"(现"德间Japan")的作品。对于Japan Record,音乐人之间都了解,他们从国外唱片公司"Rough Trade"那里引进了很多海外音乐人,同时也将日本音乐发行到国外去。我忘记是因为什么事了,总之某天被叫去了Japan Record公司。当时他们的一个员工说着"这是我们发行的新唱片",给了我好几张Japan Record和Rough Trade的新碟。其中有一支名为"青年大理石巨人"(Young Marble Giants)的三人乐队,我很喜欢他们的歌,经常拿出来听。

町田翻到"青年大理石巨人"的唱片,停下手,说:"这几个家伙我喜欢。"然后又在我一次都没听过的新音乐[1]风格的女歌手Y·A的专辑处停下了手,说:"这家伙我很讨厌。户川喜欢听?"我只好诚实回答:"是唱片公司给我的,还没听过。"

我偶然在一本亚文化杂志中看过Y·A的采访,她在里面说了"明明那么年轻,说什么谛念[2],好像很懂人生的样子""把子宫之类的词写进歌里,不觉得恶心吗!""芥末这种东西一点就够了,不能让人净吃芥末啊"之类的话,简直是在指名道姓地贬低我。新音乐世代的女歌手,除了"Sandii & The Sunsetz"的Sandii之外,一个温柔的人都没有。要说支持我的女性也是,除了Sandii,其他全军覆没。(其实Sandii & The Sunsetz也不再做新音乐那种风格了。)新

---

[1] 新音乐(New music):相传是乐评人富泽一诚最先提出的词,用来形容20世纪70至80年代在日本流行起来的一种音乐风格。曲风上融合了民谣和摇滚,但其实很难准确地定义,更像是为了区隔世代用来形容一批有别于60年代民谣风格的新音乐人。

[2] 户川纯有一首作品名为《谛念祭祀曲》(諦念プジガンガ)。这首歌的曲子使用安第斯民谣,"プジガンガ"是音译词,意为围坐在一起喝酒并载歌载舞;"諦念"有两种意思,一为领悟、达观,二为放弃某种执念。在后文关于蜷川幸雄的回忆中,也会有关于这首歌的重要表述,从中可知作者作词时取第二种意思。

音乐女歌手的老大M·Y自称"天宇受卖命"[1](《日本书纪》中为"天钿女命")转世。我根本不知道这种事,有一段时期在演出中穿了巫女[2]的服装,结果中泽新一[3]好像生气地评价:"为什么这人要扮巫女啊?"虽然我一次都没有批判过新音乐,但总之是被讨厌了。不过也没有那么在意啦。我听说町田是为了挑衅Y·A的专辑《×饭做×了哟》[4]才给自己的专辑起名《别吃了!》。可能我写这些会让人觉得很过分吧,当时Y·A的支持者在别的音乐杂志上投稿说:"令人不安的东西我认为不能称之为音乐。户川纯可以一脚踢开了,但对Y·A(还有O·T)我绝不会这样。"这种保守的想法,如今看来简直无法想

---

1 日本神话中的女神。相传天照大神隐藏在高天原岩洞时,她在岩洞前跳舞,引出了大神。她被认为是日本最早的舞女,艺能的守护神。
2 神子。侍奉神的未婚女子。
3 中泽新一(1950—):日本宗教史学家,从事日本民俗学、思想、历史研究。
4 此处的日文原文为"ご×んができ×よ",推测应该是矢野显子(罗马音首字母为Y·A)1980年发行的专辑《饭做好了哟》(ごはんができたよ),这和INU 1981年发行的专辑《别吃了!》产生了奇妙的连续性。

象，可以说是朋克出现前的价值观吧。我被这样贬低，还被说什么"一脚踢开"。所以町田的行为，说实话，真的说实话，很合我的心意。

感觉话题变得很混乱，但我还有一个犹豫要不要写的小插曲。这个插曲很适合当时的町田，我觉得也应该不会动摇町田如今的威严，所以还是决定写下来。

我是个搬家狂魔，当时基本上两年就要搬一次家。当时南青山的家里只出现过一次蟑螂，偏偏就是町田来的那天。我一看到就"啊"地大叫一声，町田和A立马摆好了架势。那间房子是一居室，蟑螂钻进了床底。我一边可怜地想着"在蟑螂的上面怎么睡得着啊"，一边大喊。

不愧是好男人町田，他一边拿起一只拖鞋一边抬起床想把蟑螂赶出去。拿着另一只拖鞋的我和A也随即加入，三人一起抬着床。这时，蟑螂迅速跑去了町田的方向，紧接着町田发出了一声惨叫。虽然这么说有点失礼，但这反应着实让我意外。毕竟町田给人一种区区蟑螂见过不知道多少的印象。

之后，町田总归是用拖鞋敲敲打打地消灭了蟑螂。死了的蟑螂连鞋一起——还有我手里的另一只拖鞋——被丢进了垃圾袋，第二天被我扔了出去。

当时那个房子，来过很多人，进进出出。但是，唯有町田来的时候，蟑螂出动了。我觉得简直就像《不来梅的城市乐手》[1]，蟑螂是跟在町田身后出现的。不过，町田先生，还是要谢谢你当时为我消灭了蟑螂。

后来，夜色袭来，步入深夜，调味用的红酒也见了底。不知何时，町田和A已经双双睡倒在地毯上。本来以为他们会就这样住下来，但遗憾的是町田带着A天未亮就回去了。

我拿出客用被子给他们两人盖上，自己上床睡。

突然，町田从被子里出声："户川啊，等拿到钱我就请你吃饭！"

我吓了一跳，但超级开心。难道这就是所谓大阪人的情义吗？真不属于我印象中的町田。

不过这件事的后续不怎么好。我因为太害羞所

---

[1] 德国童话故事。虽然版本众多，但大体是说一只鸡、一只猫、一条狗、一头驴，四只动物因为年纪太大要被主人杀掉，所以决定逃去不来梅当城市乐手。

以什么话都没回。估计从町田的角度看，会觉得明明自己都先拿出勇气了，却没有得到回应吧。我是三代"江户子"[1]，性格非常羞涩。我知道关西人会有"东京人很冷漠"的印象。东京人（70%来自其他城市）或许确实有这样的一面吧，有种聪明又时髦的感觉。

我是东京本地人。本地人骨子里真的有一种挥之不去的羞涩。好比下町的居民，面对住在同一座长屋里的人的好意，能坦率接受；但对不熟悉的人，哪怕心里觉得感激，也只会一个劲儿地脸红。

面对町田难得展示的温柔，我完全不知道该如何回答，最后决定装睡。

町田估计觉得被"冷漠的东京人"无视了吧。所以没多久就听到他掀开了被子，接着传来了开门关门的声音。明明已经过了末班车时间，町田和 A 还是回去了。

后来，A 颇为遗憾地对我说："我既喜欢町田那股子大爷样儿，也喜欢户川啊……"看来町田回去的时候心情确实不好。

---

1 在东京（旧称"江户"）土生土长的人。

后来我又见过町田一次。

有一位大阪出生的化妆师问我要不要去她家玩，结果等我晚上九点到了她位于麻布的小公寓，发现町田也在。而且他毫不意外地喝醉了，本来在睡觉，我到的时候他正好醒了。化妆师女孩好像因为町田来了非常开心，勤快地端茶送水。当时电视上刚好在播我参演的电视剧，播到了我作为反派威胁"KYON2"[1]的画面。町田看到以后，眨了眨眼睛问道："这个，不是户川吗？"他看起来很困的样子，但并没有流露出"上次我很生气哦！"之类的情绪，好像完全没放在心上。

但或许他那时酒还没醒吧，说不定清醒的时候，脑中依然有"户川纯＝不喜欢"这样一个公式。真是遗憾。不过事到如今，他恐怕连我的名字都不记得了吧。

---

[1] KYON2（キョンキョン）是小泉今日子的爱称之一。此处的电视剧应该是指1983年放映的《就剩睡觉了》（あとは寝るだけ）。

等到我得以瞥见成为演员的町田的身影，已经是很久以后的事了。那是在日本广播协会NHK的一档正月圆桌综艺上，形式是播放预计当年上映的各种作品的预告片，让嘉宾七七八八地发表感想和期待。选中的电影，从主流到独立都有涉及。其中就有《熊楠·KUMAGUSU》这部片。当时这部片子的宣传卖点是，除了町田，其他演员全是导演。预告片中，我的老朋友利重刚紧紧扒着森林的悬崖边之类的地方。他一副《海贼王》里路飞的打扮：背心、短裤、草帽。这时，拿着捕虫网和捕虫笼的少年熊楠恰巧经过——饰演少年熊楠的，就是町田。看到这一幕，当场包括我在内的嘉宾都不禁发出"太狡猾了"的感叹。"町田真像熊楠啊！""对吧！"南方熊楠这个人物本身的精彩人生，再加上町田的出演，让大家对《熊楠·KUMAGUSU》非常期待。但是它没能完成，停拍到了现在。真的非常遗憾。

后来我再看到町田在完整的电影里出现，就是以阿部薰和铃木泉夫妻两人的真实故事为蓝本拍摄的《无尽的华尔兹》（若松孝二导演）。我因为要在双人戏剧《最后的约会》中饰演铃木泉，为了确认和电影里广田玲于奈（现"玲央名"）[1]的表演没有相似的感觉，所以找来影碟看。后来我发现她的角色设定和我的完全不同，而且电影本身和我们的剧本就是两码事。我这才安心地出演。

《无尽的华尔兹》中的町田，既不像我印象中的阿部薰，也不像我印象中的町田，展现了一种沉静、自然的氛围。町田在其中既没有大阪大叔的一面，也没有幽默的一面，虽说这也蛮可惜的，但他确实将无用之物一概排除，展现了纯粹的演技。坊间有"大阪男人的瞳孔中藏着少年"这种说法，但过去我见过的那个町田更像"拥有大叔心的少年"（这样也自有一种魅力）。但就连这种气质他也压制住了。而且，他作为男性，在某些镜头里展现出了能让人感受到母性的一面。那双大眼睛没有了威慑力，而是满溢温柔。这其中当然有若松导演的指导，但町田创造的阿部薰形象让人觉得真的有这样一个人。广田玲于奈的表演也一样，虽然与我印象中的铃木泉相距甚远（铃木泉给人一种富有攻击性和野性的感觉），但她展现了可

---

[1] 广田玲于奈在《无尽的华尔兹》中扮演铃木泉。

爱、娇嗔的形象，让人觉得如果用这样的脸蛋、这样的胸部、这样的声音撒娇，男人一定会轻易投降吧！其实，说不定现实中的铃木泉（虽然我并不认识）意外地真是这样。

说回町田吧，接下来说说作家町田康。之所以有幸读到町田的处女作《楠木的大黑神》（くっすん大黒，文艺春秋），是因为我接到了一份委托，要在读完试读本以后接受采访讲讲自己的感想。

当然，这部作品非常惊人。完全不像新人作家的作品，而像已经写过好几本书、得过好几个大奖的人写的。（它在出版后确实拿到了"Bunkamura双叟文学奖"[1]和第十九届"野间文艺奖新人奖"。）他的成熟度和风格化已经到了这种地步。《楠木的大黑神》拥有布考斯基的气质，他将自己写成了一个糟

---

[1] 由位于东京涩谷的综合性文化展演设施Bunkamura（直译为"文化村"，但从设施标识本身到文学奖标题都使用罗马音，故翻译时选择保留）创办的文学奖，起名"双叟"是仿效法国的"双叟文学奖"。"双叟"为巴黎左岸的一家著名咖啡馆，因经常出入如加缪、波伏娃、萨特、毕加索、海明威等文学和文化名流而在文学界占有特别的地位。双叟与另一家巴黎咖啡馆"花神"可谓宿敌，花神也拥有自己的文学奖。

糕的男人。町田后来的作品也一直给我这种印象。

要谈论町田文学,我当然知道自己还不够格。本来,我这样的人,要评价当代文学,搞这种高深的事就很奇怪,更何况这可是町田的作品!

即便如此,我还是决定写出自己直率的感想。

首先,它惹得我大笑不止。这当然是严肃的作品,但在缝隙中充满了荒诞。町田也很害羞吧。之前和Phew、山本精一[1]聊天时,我问道:"大阪人的情义是瞎说的?"两个人笑着回我:"假的假的,那玩意儿是假的。"[2]想来当时町田真的拿出了勇气吧……虽然町田在小说里开了很多玩笑,但能感觉到他精通近代文学,底蕴深厚,富有才思。这种反差,或者该称之为精彩的融合,毫无疑问充满魅力。他就像以一己之力推行当代的"言文一致"运动一般,作品中充满了

---

[1] 山本精一(1958—):日本音乐家、作家、画家。他以在噪音摇滚乐队BOREDOMS担任吉他手而成名,后相继与其他几位音乐家和乐队一起发行了多张唱片。1993年与大友良英、Phew组成NOVO TONO乐队。2000年与Phew组成MOST乐队。
[2] 两人都出生在关西,Phew来自大阪,山本精一来自大阪旁边的兵库。

妙趣。所以哪怕他用候文[1]写作，也一定能非常流畅。比如，《朋克武士》（パンク侍斬られて候，角川书店）就是如此。我之前因为工作要去巴厘岛的时候，不知道为什么很想重读志贺直哉的《在城崎》（角川文库），于是带了去。读时感受着奇妙的异国情调，脑袋变得混乱，尝到了当中的趣味。后来一个人去纽约的时候，身上带着《朋克武士》，在那边一口气读完了，脑袋果然也变得迷迷糊糊，觉得很有趣。

我现在身体受了伤，只能坐着工作，于是开始写小说。在我特别喜欢的町田的一部短篇小说《权现[2]的舞者》（権現の踊り子，讲谈社，川端康成奖获奖作）中，他辛辣地表达了对小说写作者的观察。言辞严厉，却极有说服力。被町田这种级别的作者那般评价，就感觉像我这样的人来写小说也太羞耻了，这可真是让人困扰啊。但是，他在故事接近尾声的时候，又织入了像迷宫一样的幽默感。

町田凭借《零零碎碎》（文艺春秋）获得芥川奖、

---

[1] 日本文言文的一种，出自变体的汉文。
[2] 指神的化身。

成为出色的作家之后,还写了很多胡闹的作品,甚至让支持他的读者都觉得担心。但是,不论多么胡闹,町田那令人惊异的知性却丝毫没有折损,这简直堪称奇迹。所以,其说服力才如此之强。他的语言是如此游刃有余。

他怎么能写出这样的作品,同时还让人领略到其厉害之处!太帅了。不懂 J 文学[1](奇怪的词,我自己并不喜欢)、犹豫要不要读的人,可以把町田文学作为入口吗?不,他的作品不是那种意义上的易读。但是,一旦沉迷町田,就会忘乎所以地感受到文学的趣味。像町田这样奇迹般充满微妙割裂感的作者,在我有限的认知里独此一家。他真的写了相当多荒诞、无聊(同时又严肃认真、富含魅力)的作品,甚至让人怀疑这居然也能被称为文学。比如《逆水户》(原文收录于短篇集《权现的舞者》),《戏话加美拉》(ギ

---

[1] 1998 年河出书房新社在出版的文学杂志《文艺别册:90 年代 J 文学地图》中最早提出了"J 文学"这一概念,在出版界引起热议。"J"一般解释为 JAPAN 的"J"。"J 文学"延续"J-POP"这样的说法,是对标文学领域的造语,可以理解为日本文学。"J 文学作家"是指以阿部和重、赤坂真理、藤泽周、铃木清刚等为代表的 20 世纪 90 年代后登上文坛的新生代作家。

ャオスの話)、《真话街》(本音街，收录于短篇集《净土》，讲谈社)，等等，不胜枚举。其中，《人间之屑》(原文收录于短篇集《夫妇茶碗》，新潮社)的最后，既超现实又帅气。说起结尾，他的其他作品里也有一些看似不经意地描写夫妇间深厚羁绊的段落，甚至让我眼眶发热。

我一想到自己曾让町田不愉快地回家，就觉得非常遗憾。只能认定他"早就连我的名字都不记得了"才能安心。在这同时，我又对那句"等拿到钱我就请你吃饭"记忆犹新。这样的我，偶尔也会想，畅销作家町田先生"能不能至少，稍微记得一点这件事情呢"。

（本文之所以直接用姓氏"町田"称呼町田康先生，是因为想要传达出"太宰""三岛"这样的氛围。）

（原载于 ele-king 5 号、6 号，
2012 年 4 月、7 月修改增补）

三上宽[1]

第一次听三上宽的歌,是我从 A 那儿二次翻录的一张唱片（A 是借町田町藏的翻录来的）。听完后,我受到了极大冲击。当时黑胶已经很难买到,所以 CD 发行后我立马抢购来,听了其他歌。刚开始我还边笑边听,没多久就感受到一股强烈地叩问着心脏的悲哀,像是人性深处、内心的琴弦被触动一般。（说来,町田的作品也是如此。）这种极度大胆、极度纤细的世界为我带来了纯粹的感动。

我个人觉得,为某样东西感动当然不是什么害羞的事。但因为几乎很少遇到这样的事,加上我本来

---

[1] 三上宽（1950— ）：日本音乐人、演员。生于青森县。20 世纪 70 年代日本民谣浪潮的重要参与者,其独特的暴烈唱腔以及带有左翼立场、结合时代事件的歌词形成了独属于他的"怨歌"风格。

的羞涩性格，我不会轻易感动。

但三上宽的音乐，让我感动了，那是"不觉得害羞的感动"，我的心在颤抖。不仅仅是因为歌词或旋律，更重要的是他的声音很棒。这么说可能很失礼——虽然三上那副尊容还故意胡闹似的给自己取了个"性感炸弹"的称号，但我真的从他身上强烈感受到了男性的性感。

好像突然展现了自己痴女的一面，但我确实喜欢作为一个真实人类的三上宽。本来我这个人，对一个人的喜欢或讨厌，基本不会受自己对其音乐之类的作品的好恶所影响。但是，仅就我对三上人格魅力的有限了解来说，它们与三上宽的音乐完美契合。

在谈论三上宽的人类属性之前，让我来先说一段个人插曲吧。

很久之前，我参演了话剧《罗生门》，在中期庆功宴（排练期间简单举行的庆功宴）的最后，一位共演的演员，现"流山儿★事务所"的盐野谷正幸，喝醉后弹着吉他唱起了《宽的梦想在夜里绽放》[1]。三上宽改编的歌词"蔬菜店的深处，小偷背着哭泣的孩子／偷了一棵白菜，还不至于流泪啊"，认真品味之下极富哀愁。其他演职人员应该没听过这个版本，但至少在哪里听过藤圭子的《圭子的梦想在夜里绽放》，他们不知道竟还有如此不可思议的歌词版本，一副茫然的样子。盐野谷和三上宽是同代人，想必是共时性地听到这首歌的吧。

我很开心，庆功宴结束后跑去问他："你其实是想唱藤圭子版本的吧？但因为演歌唱起来太害羞了，所以才唱了三上宽的版本，对吧？"对方立马说："你怎么知道？！"看来被我猜中了。他看起来是喜欢演歌的人，但在表演的时候反倒对演歌有种抗拒。这不是特例，很多昭和年代后期，20世纪六七十年代的年轻人都会如此。其中喜欢高仓健的人也很多。

---

[1] 三上宽有一首翻唱的代表曲，题为《梦想在夜里绽放》(夢は夜ひらく)。这首歌在之前也被很多人翻唱过，后文提到的藤圭子版本为经典之一。所以文中特别写明"宽的梦想在夜里绽放"。

三上宽将自己的歌称为"怨歌"[1],他肯定也喜欢演歌,但作为新一代年轻人又携带着反抗精神。他用属于三上宽的微妙的世界观将歌曲进行改编,歌词也有所改动,将《梦想在夜里绽放》翻唱为堪称"怨歌"的作品。我从三上宽的创作中看到"哀愁""愤怒""幽默"三位一体。(一部分极度严肃的作品我也很喜欢,但主要是说另一部分。)比如《三上木工店[2]漫步》(三上工務店が歩く。歌词中出现地址的,以前也好,以后也好,我都只听过这一首。可能年轻人会想起 ECD[3] 的歌吧。对建筑物投入过剩的心思好像太深沉了,但"为了能去喜欢的地方,买一双白色帆布鞋吧""想试着穿上竖条纹衬衫,如果不行,就谈一场横条纹[4]恋爱"这种歌词充满了超现实的色彩,又

---

[1] 怨歌与演歌的读音相同,都是えんか(enka)。
[2] 真实存在的木工店,在一段时间内于东京存在很多分店。其广告语为:"告诉我你的梦想,告诉我你的幸福,告诉我五年后的你,告诉我十年后的你,告诉我二十年后的你。幸福从舒适的住宅中诞生。"
[3] ECD(1960—):日本嘻哈歌手,1987 年出道,对日本嘻哈音乐的发展起到了重要作用。
[4] 横条纹和邪恶的读音相同,都是よこしま(yokoshima)。

如此流行，太厉害了），比如《台词》（セリフ。整首歌使用哀怨的旋律，以"说是分手了。我听说了……"开头，正如歌名一样，整首歌都在吟唱台词，满载着哀愁），等等，不胜枚举。

我还对着盐野谷宣告"我喜欢海"。对方一副不可思议的样子回道："啊？什么？"我意识到自己又让别人觉得奇怪了，立马慌张地改口："啊，三上宽的歌里，我最喜欢的就是《海》。"盐野谷这才松了一口气一般回应："哦，《海》啊。"我一直很小心，甚至经常对外说："虽然我被视为元祖级别的'不可思议小姐'，但其实完全没有什么不可思议的地方。歌词也只是被过度解读了而已。"可一旦放松下来就不免发生这种事，或许我真的具有某种不自知的不可思议的气质吧。

在三上宽的歌里，《海》称得上毫无诙谐元素的严肃作品。虽然他早期的专辑真的非常黑暗，但这时候的他具备了超现实感与流行性。去慰问关押死刑犯的监狱时，三上宽唱了自己的歌，死刑犯在听到带"死"字或与"死"相关元素的歌词时，反应非常敏感。三上说，经历过这一场面才意识到"原来自己的歌里，有如此浓厚的死亡色彩"。我的歌也经常被如此评价。（将自己与三上宽的名字放在一起，我也太傲慢了。）《海》之所以强烈地牵绊着我的内心，恐怕也是出于这一原因。我从年轻时开始，就一直被死纠缠。每当这种冲动鼓噪，我都会拼命压制。其实也有压制不了的部分，但总之还活着。我想，或许是最后最后的一点求生本能以及无论如何也舍弃不尽的烦恼帮了我吧。在他所有深刻的抒情曲中，《海》异常优美的抒情旋律也尤为突出。我想这首歌可以解释为——就好像三上在投水自杀的最后关头，努力压制着死的诱惑。海浪"来吧来吧"发出邀请，三上"赌上性命，久久站立"，动弹不得。它就是在表现这种极限状态下的心情。我被这首歌深切地安慰过。

之前，综艺节目《我的葬礼进行曲》（富士电视台）向我发出演出邀请时，寄来了几盘影碟资料。其中有胜新太郎、Animaru滨口以及三上宽这几期。（虽然我也意外对方居然会请我，但现在想来还挺骄傲。）影片中的三上宽，唱的就是《海》。我好开心！在访谈部分，不知道顺着什么话题，他讲到了一件好笑的事,"别看我这样,有两年也是保镖常伴两侧呢"。这就是时代的宠儿吧。

三上宽正式发唱片出道是在1971年。完全和"全共斗"失败的时间点重合。所以(也不全出于这种原因)能获得当时年轻人的支持吧。他以极为黑暗的专辑出道,后来风格趋向流行,但也仍有很多作品让人窥见其生死观,其中的绝望精神依旧醒目,与初期朋克式的穷途末路相通。《绽放的梦想并不存在》(ひらく夢などあるじゃなし)这一专辑标题就是如此。在《真漂亮真漂亮　献给池田福男先生》(あっぱれあっぱれ～池田福男さんに捧げる～)这首歌中,他唱道"裤子的长度刚刚好""早饭是喜欢的纳豆和鸡蛋""丢了的定期车票找到了""喜欢的女演员宣布离婚""彩色电视的显色很好",最后以老练纯熟的唱腔激动地唱出"如此幸福的日子,怎会再来"。这是对未来不抱希望的绝望之歌,却因其中的幽默感而丝毫不让人感到黑暗。它和有男人味的男人很相配。乍听之下的"绝望"会缓和为"悲伤"。顺便一提,山本久土(之前和我一起组东口甲苯,后来组了M.J.Q)知道这首歌还是因为我。对此我很骄傲。

后来，我见到三上宽本人时，从他身上也体会到了这种"男人味"。

当时我们一起参加了一场关于女性主义的讨论会。因为是工作，所以我完全抛开了"这可是我超喜欢的三上宽啊！"这种歌迷心情，切换到了工作模式，完全没有空闲体会和他围坐圆桌的幸福。事后，我感觉自己损失惨重。

当时，或者说直到最近，我都觉得自己与女性主义无缘。在刚组建"格尔尼卡"（ゲルニカ）开始音乐活动的时候，听说朋克也关联上了女性主义，一位大我很多的某女子乐队成员还邀请我一起演出过。我应该没有被女权主义者讨厌，但我这个人一直就没有什么明确的主义主张。

这场讨论会是我一个音乐人朋友约翰·佐恩发起的，活动的前半程是约翰等国外音乐人、乐手以及我作为主唱做即兴演出，后半程是讨论会。受邀时，我没多想就参加了。至于三上宽为什么会出现在关于女性主义的讨论会上，我也觉得莫名其妙，是个谜。不过，可能跟我的原因差不多吧。

约翰为歧视问题做了很多抗争。"放弃的话，不就什么都无法改变了吗？"他是笑着对我说的，我却能从中感受到他想在日本的女性歧视问题上激起水花的气概。后来我猜，他之所以邀请我，也是觉得我对此抱有一些基本的问题意识吧。

关于三上宽，前文我写了一些资料性质的文字，当然不全面。有兴趣的读者应该可以在网上查到更多。写这篇文章时，我没看维基百科，应该写下了一些珍贵的插曲吧。这样说是不是太过炫耀了？（害羞）

下面我想先稍稍偏离三上宽，不，是完全偏离，写写自己的私事，还请各位原谅了。

那件事发生的契机真的不足挂齿，当时我还在进行音乐活动。

我现在把它写出来，在当事人当中的男性看来，或许会觉得："搞什么，这种事都写？当时确实是有点乱来，但这有必要写出来吗？"然而与那时相比，社会上的看法已经发生了巨大的改变。到了现在的年龄，我也才终于有了一点女性主义意识的萌芽，虽然我不确定这能否被称为女性主义。与以前的青鞜社[1]完全不同，我只是在心里有一些微小的感想。而且我对所谓的"运动"很不擅长。恐怕真正参与运动的人会认为，这种程度的感想不配称作女性主义。

之前，有一则经典的罐装咖啡广告，随着男性风趣地讴歌青春的画面，打出了"男性很糟，男性很棒，身为男性，非常抱歉"的宣传语。过去的我，看到这则广告时觉得："加入'男性很糟''非常抱歉'之类的话，是有意躲闪女性主义团体的投诉，把购买层集中在了年轻男性上吧。"这让经常喝这款咖啡的我，产生了一点点不舒服的感觉——不过，也就只是这种程度而已。

但自从发生了那件事，我变得特别讨厌这则广告。（虽然哪怕是冬天，自动贩卖机的冷饮区都有这款罐装咖啡，舌头怕烫的我也能喝得进去。）对它的续篇，我也是同样的感想。以前，当听说市民团体投诉某某广告有歧视问题，我还会觉得："也太敏感了

---

[1] 1911 年结成的女性文学社，发行刊物《青鞜》。同时，也对日本的女性解放运动投入精力。1916 年解散。

吧……"现在，我也加入了敏感的一方。

那是在我受伤的几年前的某天，我从"Yapoos"的一位成员的家中离开。成员里的一位男性说"那边的主路很难打到车"，好心地跟我一起走到了主路，帮我伸手拦了出租车。

如今想来，这种事真的很奇怪。当时那位上了年纪的司机发现原来是我一个人乘车，居然"啧"了一声。后来他知道我要去的地方很远才心情变好，甚至忽略了我是女性，忘乎所以地聊了起来：

"女乘客我有时会拒载的。司机都很讨厌这种情况。运气不好就是个起步价的距离，还聊不来！前几天也是啊，明明是男的拦车，结果上车的是那男的带着的女人。老子被骗了！哇哈哈……"

我除了乘车距离远一点，其他跟他说的完全一样啊。这司机跟喝醉了似的，完全没顾虑。我看透了一件事：这样的人在无意识的情况下，觉得完全不需要对女性抱有尊重。我绝不是非要说什么坏话。但能和这种人聊得来的，也只有张口闭口"女人不行"的男人吧。直到我下车为止，这位司机都兴高采烈地喋喋不休。

经常有热心的男士帮我拦车,这根本不是什么诈骗好吗?仅仅因为去的地方近,司机就露骨地嫌弃或拒载。这对于现在的我,也就是没有辅助工具就不能行走的身体障碍者来说,完全是双重歧视。(虽然最近可以短途租车了。)问题是,就算我的伤好了,仅作为女性也会被歧视。只要一想到这些,我就无比愤怒。

关于出租车的故事,简直堆山积海。有段时间我因为演某部话剧,要在目黑区和下北泽的本多剧场之间往返。毫不夸张地说,简直每天都被额外要价。因为当时在演戏,所以说话的音调比平时要高,语速飞快。声音明亮的我,在司机眼里就像不常坐出租的小女孩。估计他们觉得我不认得路所以绕远,原本明明应该两三千元[1]的单程车费,结果常常在没堵车的情况下,开过一些让我纳闷"为什么会走这里"的地方,最后一算车费居然要七千多。这类

---

[1] 本书中表示金额的"元",皆为日元。

事情经常发生。这种时候（毕竟是演员吧……）我只好表情一变，音调降个两度，虽然不能喝酒但还是模仿喝了烧酒的声音，探出身体说："一直都是两三千就到了啊。"每次只能靠这个方法争取到正常的车费。有时候还会遇到其他亚洲国家的外国人司机，他们也经常绕路，我一提醒，对方就会笑着用开玩笑的口吻回道："窝（哦）……日本话……不怎么会索（说）……"但只要我发怒表现出不好惹的态度，对方就会慌张地道歉开回正确的路。这种情况就算被人录音录像，我也不在乎，毕竟对方从另一个角度来说也在乱来。

好像净写乘坐出租车的事了，这是因为我在工作（演员、歌手）中并不会因为女性的身份受到歧视，但在工作之外的社会环境中接触最密切的地方就是出租车了。当然，大多数司机都是正直的，还有很多看到我行李比较多就上来帮忙的温柔的司机大哥。——其实，我非常喜欢出租车。毕竟从泡沫时代起就经常坐。（尤其是"东京无线"[1]，应该坐得最多。

---

[1] 成立于20世纪60年代的出租车运营公司。

电话号码我都能脱口而出，03-3330-2111 对吧。他们还登记着我的地址呢，现在号码会有点不一样，在没有手机的时代，都没有最开始的03和接下来的3。）我甚至还写过名为《出租车》的诗，至少能从中一窥我对它的爱。

不仅是打车的时候，日常生活中有太多场景都让我产生"别小瞧女人和小孩！"的想法。如果我是看起来身强体壮的男性，就不会遇到这种事情了吧。工作之外的社会就是这样。

小时候的我，也曾有过"男尊女卑"的腐朽思想，甚至还会憧憬这样的关系。当然我并不是极端地觉得应该所有事都听丈夫的，只不过我那时完全是个小孩子啊，根本不懂这个世界。我本身很厌恶儒家礼仪。首先，必须敬重比自己大的人，这就和朋克精神背道而驰。可以说，这种背道而驰就是我过去倾心朋克的原因。不仅如此，我还非常厌恶家长制。其实我没有被本家、分家的事情困扰过，我也没有哥哥弟弟。问题不在这里。我只是出于某种原因想探究这些事情。〔如果可以的话，请参照《零零年代的音乐：

Bitchfork篇》[1]（河出书房新社）中我的访谈来看。］我对大人们口中的"一决雌雄""男子气是勇敢""女子气是懦弱"这类表达，总是存有疑虑。[2]

而且，有一些女性，明明我什么都没提，对方却喜欢单方面发表"我经常被说性格像男孩子，很直率"的言论。每次遇到这种事，我就会想，怎么没有男性在自我陶醉地褒奖自己时说"我经常被说像女孩子"呢？这样一想，我就常常陷入忧郁。

不过这种事，也不能过度在意。

"毕竟，这就是日本。"

虽然我在前文近乎执着地写了我在工作中完全没有遭遇性别歧视，但严格来说，这是我自己的理解。

从女演员的身份来说，或许真是如此。在普通

---

[1] 本书在探讨女性音乐人与流行音乐的关系，将女性音乐人视为突破了母性、母亲形象而充满了诱惑意味的文化形象，使用了冲击性的"bitch"一词。
[2] 勇敢（雄々しい）和懦弱（女々しい）这两个形容词在日语中的语源分别对应着男和女，透露着歧视性的性别定位。

公司，女性无法出人头地的原因，经常被归结为男性可不会生理期休假、不会结了婚就辞职（当然说辞不止这些）。而女演员的话，当然不存在生理期休假，结了婚继续工作的例子也非常多，作为劳动力和男演员没什么区别（动作片演员另当别论）。在这个行业里，女演员不会被特别照顾，也不会被歧视。

我近来意识到，自己是在开展音乐活动后，才遇到一些与女性主义有冲突的事情。虽然，或许不能完全说那就是对女性的蔑视，估计写出来也只会让人觉得不值一提。

——那是我在演艺活动中第一次感受到屈辱，并不是因为性骚扰，而是工作内容本身。那是几年前的事了。当时，我所在的四人乐队正在舞台上彩排。乐队里，除了我和贝斯手之外的两位成员自称流氓。因为两个人以前对叶子[1]很感兴趣，经常提起自己被抓的事，其中带着炫耀。

基本上非法的东西，我都很讨厌。对那些通过叶子、药物之类的东西获得快感，又变本加厉将这种

---

[1] 此处为对大麻的俗称。

不良行为视为摇滚优越感的人，尤其讨厌。我觉得那不过是一种时代错位，感觉像过去的嬉皮士。如今，我这样的人或许才属于时代错位了。但小时候，我在出生地新宿看到喧闹的嬉皮士时，就经常觉得他们的样子很不体面。（顺便提一句，虽然我所在的组合东口甲苯的名字是我取的，但那只不过是个玩笑。我当时觉得故意取一个靠不住的流氓名字会很有趣。）但我也已经告别了过去那样的自己，面对喜欢这类事物的人，不再指手画脚挑他们的刺了。

出于同样的原因，这两位成员喜欢那种迷幻的西方音乐。那次由我来选歌，哪怕是卢·里德（Lou Reed）那种慵懒、有嬉皮味道的歌，我也只喜欢它们旋律优美这一点［当然"地下丝绒"（The Velvet Underground）[1]的曲子很多我都喜欢］，所以我就忽略歌词内容，选了几首放进演出歌单里。那两位成员当然特别开心能演绎这些歌，而我则抱着顺应别人兴趣的心态演出。

彩排时，我们练了一首艾恩·迪里（Ian

---

[1] 前文提到的卢·里德所在的乐队。

Dury）的《性、毒品、摇滚乐》（Sex & Drugs & Rock & Roll）。这当然是和他们极为相配的歌。它的原曲非常短，所以编曲采用了把间奏拉得很长、一进入最后的副歌就迅速结束的结构。不论是间奏还是主歌都是一直循环重复，主唱的部分也是重复，只有少量可以自由发挥的地方。就算我擅长自由爵士（free jazz），这首歌的旋律也一直以中速节奏行进，对主唱来说，没办法一直即兴下去。就算加入一些变化，它也是一支基本上只能重复主要旋律的曲子。在间奏结束、进入副歌之后，那两人还因为心情太好，又稍微以即兴的方式延续了迷幻的演奏。

他们在我腰伤之前就对我特别亲切，总是一脸笑容。那时，他们也是笑容满面地一直延长着即兴的部分，而我能发挥的已到达极限，这首歌对于主唱的即兴来说，限制太大了。两个人已经完全忘记了大家商定好的结构，一个劲儿地延宕着，我已经完全不知该如何加入。他们对此毫无察觉，一直继续着。贝斯手也已经对迎合重复的旋律感到腻烦。

于是，我对着话筒说"还不停吗？"，两人这才一副终于察觉到状况的样子，停了下来。他们一边笑着一边不好意思地说：

"男人就喜欢这种东西啦。"

"对对，对女孩子来说是太难了。"

我脱口而出："这算什么？摇滚版男尊女卑？"

两个人一副"完蛋了"的表情解释道：

"不是，不是这个意思。你说得对，跟男女没关系！但说什么摇滚版男尊女卑太奇怪了吧。"

"错了错了！抱歉抱歉！"

虽然他们一直极力否认，但我的那种感受已经无法消散。

只有贝斯手说："要让主唱在这首歌里即兴，就算是男的也不行。本来也没人能从脑袋里不停冒出英语歌词。"我完全同意。

后来，虽然我恢复了平静，但还是对那两人产生了芥蒂。再后来，这支乐队就以"音乐理念不合"这种完美的理由停止了活动。

对比看的话，虽然格尔尼卡对我要求很严格，但在那儿我的工作是获得认可的，所以并不会让我觉得受到了性别歧视。其他不论我参加过的乐队、组合，还是演员工作，也都没有因为我是女性就受到特别照顾，有一种平等的感觉。

还有一些人们常说的俗语，像是："总之男人是很软弱的生物，敌不过女人啊。""男人真的很容易受伤。女人就比较坚强。"

在综艺节目里我就听到过，而且是两次。

"总之男人是很软弱的生物"这种话，大抵是男人出轨以后会出现的台词。所以当被问"户川小姐您怎么看"时，我觉得很厌烦，于是回答："就算都是男人，容易受伤的自然容易受伤，坚强的自然坚强。女人不也一样吗？"对方只好苦笑："说的也是。"

后来，我接到了一个邀请，关于要不要试试设计床上用品。为了商量细节，我和女经纪人一起去了咖啡馆。等待我们的寝具公司的男性员工，既没有穿西服也没有打领带，穿着非常放松。谈工作的氛围也一样，只是问"要不要试试设计床上用品"。结果突然在聊工作的间隙来了一句"接下来要不要去喝一杯"。我下意识地回了一句"哈？"，对方反倒说："户川小姐觉得女性的一方比较软弱是吗？其实相反啊。"我这才知道对方是看了之前的电视节目，而且没有问清楚就曲解了我的意思。同行的女经纪人估计也误会了，说着"那，我接下来还有事"匆匆出了咖啡馆。我被误会和批判，不止这一次。

下面，三上宽终于要重新登场了。

当时那个女性主义讨论会上，圆桌中心坐着我和主持人，其他还有一位 AV 导演（发起人约翰提前介绍我们认识过）、一位 AV 女演员（主演过上面这位导演的作品），另外三上宽也在，还有几个我素不相识的人。主持人只介绍了讨论者的姓名，这让有的人显得很神秘，完全不知道是谁以及干什么的。约翰本人没有参加。

三上宽坐在从观众席看过去的圆桌最右端。他从始至终心情都不太好，一副冷静不下来的样子——不知道是不是我记忆出现了偏差，不，他那天确实心情很不好。我想，讨论会接近尾声时他的发言也充分证明了这一点。

说真的，讨论会的内容我基本上全都不记得了。

谈话的氛围很温暾。我感觉，包括我在内的演出者中，并不存在约翰所期望的那种能在日本女性主义中掀起水花的人物。大家肯定都和我一样，只不过是轻易地接受了约翰的邀请而已。

除了三上宽，我只记得那位可爱的AV女演员的发言。她说："不论是情色电影还是AV，都有很多女性被虐待（好像用的是这个词吧？）的桥段。这是因为从根本上，男性就是喜欢去做过分的事，女性就是喜欢被做过分的事。所以，我感觉这也是没有办法的结果。"虽然笨拙，但她在拼命表达自己感受到的东西，结果好像得出了与女性主义相反的结论。主持人一边笑一边问她："这是你的亲身感受吗？"喂！这是在搞什么AV女演员歧视论吗？那女孩涨红了脸盯着主持人（生气的样子也还是可爱的），于是我不痛不痒地帮她辩解了一番，最后说："你是这个意思对吧？"她很开心地对我笑着点了好几次头。

顺便一提，主持人是一位知识精英，他和当时某位特别有名的音乐人一起合著了一本关于未来派的书。因为约翰介绍我们认识，他还亲自送了一本给我。当天回去的时候，我们方向一致，我让出租车把他送到了离他家最近的车站。在车里我们随意地聊着，他突然说："户川小姐不论跟谁说话态度都一样，真好啊。"他也讨厌自己并非如此吧。我想，对人的评价，总是不太可能黑白分明。当时的我，对女性主义既无兴趣又无知识。大家都是在这样一种氛围中，根本不会产生对女性主义有用的对话。为女性主义运动而专程跑来草月会馆的人也好，约翰自己也好，肯定都很失望。

三上宽一直沉默着，那并不是出于一种反抗，而是觉得"这么温暾的讨论，我才不要参与"。

讨论会最后的最后，他才终于开口。在这种场合，这番话当然不容易说出口，他一副鼓起勇气的样子说道："不管怎么说，我还是觉得男人就是更厉害。"

我震惊地想，如此有男人味的男性真的存在啊。我立马抓住机会说出了自己的想法："没错哦。男性是很厉害。但能在这里说出这句话，不就是女性的厉害之处吗？"

听到我的话，三上宽的表情突然明亮了起来，同时又害羞地挠了挠自己的和尚头，说："哇，户川小姐很厉害。我输了。"

这时，主持人用"时间差不多了，今天就到这里吧"结束了讨论。

虽然我在最后关头,发表了好像是与女性主义相悖的观点(感觉在前卫的讨论会上讲出了昭和时代的言论),但能和三上宽短暂对话,我觉得很好。

这类某种意义上一根筋的、古板的男人,反而不会对女人动手,不是吗?

这也契合了我原本要写的三上宽的主题。

"男人就是很软弱的生物"——三上宽说出了与其完全相反的话,而且是在关于女性主义的讨论会上,这是非常需要勇气的。我感受到他的男子气概,也想起了自己最初接触到的三上宽音乐。

除了那些男子气概充塞到甚至让人发笑的作品和他那独具特色的声音之外,他也有像是"死了想变成一颗星星""太郎和花子的故事,怎么等也等不来"这样有魅力的作品,让人充分感受到女性的强大。他有很多感伤、纤细的歌。

这么一看,那次迷幻即兴排练中的"男人就喜欢这种东西啦""对女孩子来说是太难了"的性别言论,可以完全无视了吧。谈论音乐性的时候说什么"男人",真的很迂腐。

在那次短暂对话之后,我感受到——请原谅我傲慢的措辞,应该可以说,我发现了:他那些感伤、纤细的作品超越了性别,展现出了一个鲜活人类所拥有的软弱和强大。

并且,三上宽并不是仅仅拥有古板思维的男性,他的作品被归为"另类音乐"(alternative),至今活跃在歌坛便足以证明这点;他也并不是只对后来的音乐人产生影响的古典生物(虽说产生影响,但三上的风格前无古人后无来者),他轻易地超越了我们,几十年来一直唱着,从未停止。

在某一段影像中,他说过自己正被音乐追杀,要逃脱,只能不断地唱。他只能终其一生地唱下去吧。这与三上宽的美学结构——同时背负着"想死"和"想活"的双重矛盾——如此合拍。我个人,从中感受到了强烈的共鸣。

三上宽也演戏，演过好几部粉红电影[1]，和粉红电影的女演员结了婚。我觉得他对当时的那位 AV 女演员也不会有偏见。那次讨论会，他留给我的印象很温和。和他接触过的人，也都有这种感觉。

然而，三上宽并不仅仅丰沛地拥有鲜活人类的软弱和强大。他早期拥有的那种过激的民谣时代艺术家的精神，至今依然没有褪色。他是一个牢牢握住愤怒的人。

听说不久前，三上宽和一位同辈的男性音乐人，不知道因为什么在庆功宴上起了口角，最后打了起来。我无法从他身上感受到丝毫衰老，如果让我大胆地说——我感受到的是一种孩子气。那是一种积极意义上的青涩。青春的青。

所以，如果有人觉得三上宽现在没了棱角，恐

---

[1] 粉红电影（ピンク映画）：日本 20 世纪 60 至 70 年代间流行的情色电影类型片。其制作方为几大制片厂之外的小公司，制作经费紧张，拍摄期极短。但因为除了必须出现一定数量的情色场面以外，此类影片对剧情没有过多要求。所以这一特殊的时代产物为很多新导演提供了拍摄电影的机会，若松孝二为其中的代表人物。回望粉红电影的发展，可以发现很多后来声名鹊起的文化人在地下创作阶段都与之有关。

怕会有苦果子吃。

软弱的男人只会炫耀自己抽叶子的不良经历，还不如像三上宽这样打上一架被判个故意伤害罪呢（虽然我是真的很讨厌非法的事）。

我跟道郎说了自己喜欢三上宽的事情后，听说他热心地帮我传达了。三上宽好像也记得我，表示"我也想和户川一起演出"。然后，我的事务所就接到了邀请。我开心坏了！但是我总觉得如果和三上宽做拼盘演出，恐怕会惹得他的粉丝不高兴，他们会要求我"拿出点深刻的东西"，所以一直没有实现合作。我内心希望有一天可以和他一起演出。

最后我想再次表达，三上宽的音乐是多么娓娓道来、纤细敏感，又是多么具有魄力和能量啊。虽说不论再怎么有血性，都没有人能逃过身体的衰老，可三上宽这个人却让人觉得，他拥有跨越衰老的神奇力量。这样认为的是不是只有我一个人呢？一定不止我一个。总之，三上宽的存在本身，就是一种奇迹。

（原载于 *ele-king* 7 号—9 号，
2012 年 10 月—2013 年 4 月修改增补）

洛丽塔顺子[1]

因为"TACO"[2]要重新开始活动了,所以我想聊一聊这支乐队曾经的主唱——已故的洛丽塔顺子。

要谈论过去的事,让我有些诚惶诚恐。那是在我个人演唱会的后台,进来一位自称要做采访的女性(或者应该说是女孩?很年轻。身上装饰并不多,总之非常少女的装束和她很相配)。当时我想,好

---

[1] 洛丽塔顺子(1962—1987):原名筱崎顺子,杂志《天堂》《月光》的专栏作者,也活跃在乐队"TACO"及"糟糕的我"(だめなあたし)中。因为感冒后被呕吐的秽物呛到而意外死亡。

[2] TACO(タコ):以山崎春美为中心结成的另类摇滚团体的总称,活跃于20世纪80年代。乐队没有完全固定的成员,而是先后不断吸收包括町田町藏、坂本龙一、远藤道郎、上野耕路等在内的音乐人,进行无固定形式的即兴音乐演出。

可爱啊。

她满脸笑容地向我介绍了自己。

这个人就是洛丽塔顺子。

在进行个人音乐活动之前，甚至比组"格尔尼卡"还要早的时期，我只是坐在观众席上，经常泡在咖啡馆"尼龙100%"里。当时那里贩卖的杂志中有一本叫《天堂》(HEAVEN)。洛丽塔顺子就是杂志的撰稿人之一。所以我听到这个名字时，很震惊。

"顺子并非处于洛丽塔的年龄，而是拥有洛丽塔的趣味。"她这样说明道。我的真名也叫顺子，也喜欢洛丽塔，所以这个名字让我觉得亲近。

只不过，这位顺子很快就向我展现了让人困扰的一面。

一上来，她就问我："你割过腕吗？"

"这……没有。"

结果她回道："我有，看。"

一边说一边把自己的伤疤露给我看。

我真的被吓了一跳。有人给你看这种东西，你该怎么反应啊。

紧接着，她又说："和我亲亲吧。"

专门跑到演出现场来，给别人看自己的伤疤——对于这样的她，我无法自如地拒绝，虽然心里不愿意，但还是亲了。这时不知道谁喊了一句"户川小姐，看这里"。我就这样，被拍下了一张照片。

但是，叽叽喳喳的她，那始终天真无邪的模样抚慰了我。

其实，很多女性粉丝、女性音乐人，都给我看过伤疤、让我亲亲。这类事情确实令人困扰，但比这更甚的是，还有很多人跟我说奇怪的话。他们对我说过，"如果是小纯的话，一定能懂我""能懂我的人，只有小纯"，甚至还有人自顾自说什么"能懂小纯的人，只有我"。[1]

每当这种时候，我心里都会有种不自在的感觉，觉得"你的事情，我什么都不知道啊"，或者"我的事情，你又知道什么呢"。

但顺子却不同，即便后来我和她已经变得非常

---

1 原文此段中的几句引用，都同时使用了日语中男性和女性自称"我"时的用语（ぼく、わたし），意为男女都会跟作者这样说话。

亲密，她也一次都没有对我讲过这样的戏言。组建了 TACO、"黑色宣传"（ガセネタ）、"糟糕的我"的山崎春美曾是她未正式登记的丈夫，他们之间的纠缠传得沸沸扬扬。但她从来没有跟我讲过相关的事，直到最后都没有提过一句。

我想稍微先提一点与 TACO 的核心成员山崎春美的相遇。之后，我会稍微偏离 TACO，写一个非常重要且熠熠生辉的故事。

"格尔尼卡"活动期间，我们在法政大学演出过。

当时经由其他参演者的介绍，我认识了山崎春美。山崎春美穿着条纹 T 恤，站在那里像个平凡的学生。这种形象，与我从他的文章以及听过的传闻中感受到的完全相反。

"不是吧！山崎春美应该更有攻击性才对吧！怎么会如此普通！"我很失礼地脱口而出，同时心里觉得"完蛋了"。

结果山崎春美苦笑着回道："又被这样说了……都不知道是第几次了。"

然后，格尔尼卡的同伴上野（耕路）介绍了原来"8½"的贝斯手、当时属于"THE FOOLS"的友人给我们认识。

对方很爽快地说了一句"我是××，请多关照"，利落地伸出手和我握手。

之所以隐去名字，是因为不想因为我的文章给对方带去困扰。虽然读者查一下就会知道是谁。

××离开以后，上野说："这个人，真的是搞朋克的料。他白天干体力活，晚上睡高架桥下，就在这种间隙中做音乐。"

以前，上野说过自己虽然做摇滚、搞朋克，但家庭条件却保持着一般的生活水准，让他烦闷。我觉得很惊奇。如果搞朋克，那么作为一种精神背景，生活也应该是贫乏的，应该保持某种饥饿的状态——这种想法或许真的很摇滚，一直蕴藏在朋克之前的摇滚乐中。但从我个人来看，时代既然已经进化到了朋克时代，就不要太纠结了不是吗？我也跟上野表达过这样的想法。然而，我后来遇到的其他搞朋克、做摇滚的人里，抱有这种自卑感的不在少数。

在我看来，如果不保持某种饥饿感就做不了朋克和摇滚，那也不是金钱层面的事。在精神上维持一种饥饿感不就行了吗？虽然我觉得就算没有也无所谓。

但是，××的那双眼睛——从垂到眼前的阴沉刘海中露出来的那双眼睛，明亮又深沉，同时展现出深邃的纯粹性，那双眼睛，原来拥有这样的精神背景啊——我听了××的故事，意识到这一点，上野的话突然在我心中产生了说服力。

上野在"8½"时期有一首名曲，我每次听到都会落泪，题为《城市少年》（シティーボーイ）。之所以每次听都会落泪，是因为它在第一段剖白了以城市少年为代表的对社会的不满后，在第二段开头唱道：

"无聊的每一天／没有什么要做的事"。

它击痛了我的心。这种感受与成长的家庭环境无关。可能有人会笑我吧，但我的胸腔确实被不断地撞击。它让我觉得，如果能在那些非反社会性的事物上，感受到让人不顾一切地行动的意义，像是工作或体育运动，从中萌生出青春，或许就不会产生对社会的不满。但是，一定有人是伴着痛苦在现实中生存，带着无法消解的焦躁度过每一天的，这样的人一定存在。我经常被称为"远离世俗的女演员"，这对演员来说或许是好事。但实际上我心里清楚，我毫无疑问地生活在属于自己的现实中（虽然有时也想逃离）。或许这并不是值得炫耀的事。我也一定还是会被为经济所困、生活辛苦的人们笑话吧。

演出结束之后，我稍微在法政大学内散了一会儿步。很巧，在走廊上，××迎面走来。我想起了上野刚才的话和我的感想。有些弓背的××也发现了我，稍微抬起视线和我的目光交错了一瞬，然后，迅速地转过了脸。我们就这样，擦身而过。

这是与刚才要和我握手的那种爽朗明快全然不同的氛围。

××究竟是怎么看待一副大小姐装扮的我的，我无从得知。可能觉得只是拜金主义的业余趣味吧。这样想有点卑微，实际上那时的××也没有给我留下这样的印象。不过也有可能是我自己不愿意如此揣度。因为在我们视线交错的瞬间，看到那双眼睛的瞬间，我，发生了什么？

读者可能会想"发生了什么"是什么？怎么说呢，就是陷入了恋爱！

当然完全是我单方面的。那之后，我们也一次都没见过。仅止于此，嘿嘿。

但我对于××的眼睛，留有闪闪发光的记忆。这件事，我真的是第一次讲出来。

后来，××加入了现在已故的山口富士夫（我是在大阪经人介绍认识他的，记忆中的他喜欢喝酒而且还做了些其他糟糕的事情。但是他的眼睛和××很像）组建的 Tear Drops，在里面弹贝斯。这个乐队名是硬取出来的吧，Tear Drops。但这人不论在哪里，都牵动着我的心。

就是这样一段小插曲啦，还是回到真正的主题吧。

洛丽塔顺子，毕业于双叶学园，本来也是个大小姐。这位曾经的大小姐，在 TACO 的好几首歌里担任主唱。我应该是被"格尔尼卡"的太田（萤一）带去参加"天国注射之昼"的演出。TACO 出场了，洛丽塔顺子顶着麻丘惠美年轻时候的那种复古偶像发型，唱起了偶像歌谣风格的曲子，TACO 的其他成员则弹出噪音般的音符。观众密密麻麻地挤在舞台边，像我这样乖乖坐在椅子上的人，什么都看不到。

因为这可是山崎春美的表演,放到现在这个词或许已经过时了,在当时大家都以"过激"来形容。在法政大学演出上的山崎春美也是一样。他并不唱歌,而是不断用利器伤害身体,浑身是血。后来他还在做某杂志活动时,把当时穿着的那件条纹T恤当作礼物送给读者。

那么,洛丽塔顺子的精神背景,配得上硬派朋克吗?(怎么感觉我的语气很傲慢……)

洛丽塔顺子虽然不能算是"不可思议小姐",但确实有让人觉得相当不可思议之处。我觉得是因为她教养很好,所以总让人觉得有些错位。对他人来说,就会成为一种不可思议吧。

就像我上文提到的,开心地给别人看自己的伤疤就是一种错位。有的人如此,或许是装作不经意地展示自己的神秘魅力,是一种自我表现欲,顺子则不同。在关于她的记忆中,比这远离世俗、缺乏现实感的事情还有很多。我想一件一件地写出来。

顺子说想跟我做朋友,她是那种稍微聊一会儿天就能让人觉得很柔和的人,待在一起也很舒服。

我们会在高级咖啡馆一边喝冰红茶一边聊书和不着边际的话题，很愉快，所以见了好几次面。

有一次，顺子写连载的杂志正好采访了我，随后送来样刊。我记得她的连载名为"少女们的书写[1]"，写的都是充满知性的文章。她在这档连载中，愉快地背叛了自己日常说话时的可爱、率直、毫无防备，简直就像要把言语（parole）与书写（écriture）分割开。

但是，从某一天开始，她的专栏风格大变，感觉只留下标题的空壳，变成对我的连载"户川纯人生咨询"的模仿。不仅文章变成了轻快的口语体，甚至完全照搬我的内容。

比如写我写过的"关于减肥"这种无聊的世俗题目。内容是"抽烟吧，能降低食欲哦""对于减肥来说，健康这两个字就是累赘"——跟我的胡言乱语完全相同的调调。最后来一句"怎么样？其实，如果

---

[1] 此处，洛丽塔顺子使用的不是日语，而是法语的"écriture"，一个哲学词语。在哲学的语言学转向以后，"书写"与"言语"成为一组对立的概念，而言语就是户川纯后文中提到的"parole"这个词。

要减肥的话，还是得看 anan[1] 的减肥特辑"——连这种胡闹的段子都一样。我简直怀疑是不是自己看错了。

我立马跑去问她："顺子这次的连载，写的是减肥呢。"

"啊，你读了吗？！好开心！"她听起来真的很开心。

"虽然很难说出口，但是，内容和我的'人生咨询'完全一样啊。"

我委婉地问过后，她很坦然，一点愧疚感都没有，还很高兴地回我："嗯，小纯的连载我每期都看，特别喜欢这期。"

她本人完全没有任何抄袭的罪恶感，反过来还希望我会喜欢——这是多么不可思议的事。

虽然这么说真的很失礼，但是我写连载的杂志的发行量，比顺子的那份要高。可是并非因此，读到的人就会认定我是原创。在很多主流偶像的意识中，从小众文化中借鉴是很普遍的事。这次的事情也一样，有很大的可能性，我会被视为剽窃了发行量低的

---

[1] 日本经典女性生活时尚类杂志，创刊于 20 世纪 70 年代。

杂志。

所以，我告诉她——即便这根本就是合理的——希望她不要抄袭我。

结果顺子一副"我到底做错了什么"的受惊表情，反过来觉得我很不可思议。

于是，我想起了一件事。忘记在哪里读到过，山崎春美说顺子写的东西其实全都出自他的手笔。对此，顺子反驳道："没有的事！全都是我自己写的。"

或许她内心真的如此认为吧，这也是她所特有的某种错位感。

顺子的老家没落以后，曾在公司担任要职的父亲酗酒到酒精中毒，经常家暴，而且在外面也惹了事，最后进了监狱。母亲和弟弟两个人生活，顺子则和当时正在交往的男性一起住。

父亲刑期快结束的时候，母亲和弟弟很害怕他出狱，像准备逃跑一样说要搬家。顺子对那个未正式登记的前夫山崎春美，在聊天时根本不会提起半句，好话坏话都没有。唯有对父亲，她满是恶言。

后来在顺子的葬礼上，这位父亲出现在了跟我打招呼的家属中。他的状态看起来确实像酒精中毒过。看来顺子说的是真的。但是，和她的家属共处一室时，我意识到一件有点古怪的事。母亲和弟弟难道不应该逃走了吗？还是说父亲因女儿的死受到打击而重新做人了？总之，现场飘荡着一种违和感。

除此之外，顺子还会很突然地说出一些令人难以置信的事，比如"在精神病院住院的时候，我被侵犯了"。与谈论父亲时不同，她表情平淡，说得很轻松。

我也怀疑过：她是想引起别人的注意吧？然而，进精神病院也好，被侵犯也好，不论说还是不说——特别是对洛丽塔顺子这个人——（即便我知道自己这样不太好）我对当事人的印象都不会有任何改变。

尤其是最近，对于进精神病院这件事，也不知道是不是炫耀，有人会将其视为一种怀有精英意识的结果，我完全无法理解。我甚至觉得，在现在的时代，难道不是更应该做好隐私保护吗？可能因为我自己一直在网上被人写一些有的没的。

但是，在谈论洛丽塔顺子的时候——我这么说可能不太合适——我却觉得它们与顺子的故事很相配。

就像我刚才写了"是想引起别人的注意吧?",这件事也只有放在顺子身上才可以被原谅。可爱、可怜、已经死去的顺子。

就像上文写到的减肥题材的文章,虽然我用了"世俗"来形容,但被我发现抄袭之后也毫不慌张的顺子,给我的感觉还是远离世俗。如今回想,我依然觉得,她是一个缺乏现实感的人。

说到缺乏现实感,我想起一件真的很不可思议的事。

那是和顺子喝过茶的三天后,夜里散步,我晃进一家书店,翻到一本登载着试镜信息的杂志,不管专业或业余,谁都可以参加。我一边想着"居然还有这样的杂志?"一边啪啦啪啦地翻看,眼睛随意地扫着页面上招募笔友的专栏。当时手机还没有普及,仍需要写信这种社交手段,在很多杂志上都能看到笔友栏目。

在这里,我发现了令我震惊的事。

顺子投稿了。一般来说,就算投稿,很多人也不愿意让别人看到长相,但因为顺子长得很可爱,所以只有她的部分登着一张小小的照片。照片下写着本名"筱崎顺子"。投稿的文章很短，只写着："寻找笔友。希望对方喜欢户川纯。"其他个人情况一概没有，只登出了详细住址——当时还是一个比较平和的时代吧。

笔友，在当时也算落伍的社交了。投了稿的顺子，登了照片的顺子，偶然找到这本杂志这一期的我，在对笔友的期望中提到我的顺子——好不可思议的缘分。这就是缺乏现实感的、如梦似幻的瞬间。

不过，其实我一直有所怀疑，顺子是不是真的喜欢我才经常和我见面。我讨厌这样想的自己。

那时候会有这种怀疑，发端于圣诞节的一件事。

"小纯，小纯，圣诞节我们互相送礼物吧，买对方喜欢的东西。"

那天的顺子一直叽叽喳喳地说着圣诞节，展现着典型年轻女孩的感觉。她提议买我喜欢的东西给我，我买她想要的给她。我因为有妹妹，所以一直觉得自己不需要女性朋友。当时以一种"原来闺密是这种感觉啊"的心情，答应下来。两个人一起去了涩谷的 PARCO[1]。

因为听说顺子家破产了,所以我选了一条两三千日元的白色休闲裤。我是根据预算决定的,虽然觉得她应该不怎么会穿,但如果是这个价位的话,我想顺子能接受。她立马就给我买了。接下来该选顺子的礼物了。走在 PARCO 里的顺子说着"这里不错"走进了一家很高级的店。我在入口处看着一些小物件,听到身后传来"小纯,我要这个,快看!",一转头,只见顺子穿着一件婚纱一样的裙子,和女店员一起嘿嘿地看着我笑。

因为是约定好的,所以我还是付了高昂的费用收场。但是回程的时候,我直白地告诉她以后这样的事我不会再做。

"顺子,一般这种情况,大家都是找价格差不多的来交换。以后我们还是不要交换礼物了。"

顺子这才一脸惊讶,不停地向我道歉。就是这样一个人,我却直到她过世前一个月都一直没有放弃和她做朋友,这是为什么呢?或许是因为我向这个不

---

[1] 日本连锁百货公司。

谙世事（有时连常识都不懂）的她，投射了异常黑暗、孤独的十几岁的自己吧。我想见她，让她——或者说，让自己——度过惬意的时光。

至于为什么我会怀疑顺子，是因为当时我在经济上比较宽裕，所以周围总是有一些自称朋友的人向我借钱。结果除了一位立志成为化妆师的大阪女孩之外，其他人都没还。鉴于此，我也对顺子有了怀疑。

但是，当我看到之前所写的那封笔友招募帖中的顺子，再次看到她给人单纯少女印象的照片，便决定打消自己的疑虑。

结果刚一决定，我又被她打击了。

不论我多么努力不去计较，都做不到。她的电话我也不怎么接了。（我后来才知道，她是个十足的电话狂魔。）她甚至一天连续打五个电话去我爸妈家找我，哪怕妈妈和妹妹再怎么说我不在也没用。

妹妹生气地说："姐姐，又是洛丽塔小姐。为什么你还在跟她做朋友啊？我真是搞不懂。"

其实那时我自己也不知道为什么。不知怎么的，就一直保持着关系。现在我知道为什么了。因为我无法放任顺子不管。

但最后,我终于还是受不了,放开了她。突然地,她就从这个世界消失了。对于这件事,也有其他人和我一样自责。所有人,面对她的死亡,都暂时失去了现实感。

某天,洛丽塔顺子改名了,叫真行寺纯。一看就知道出自她喜欢的真行寺君枝[1]和我。去世前不久,她用这个笔名,重新开始写连载了。从这个有宝冢味道的笔名中,还是能看出她的少女趣味。而且我从中感受到她是真的很喜欢我,稍微开心了一下。但很遗憾,这个名字并没有被很多人记住,她就早早让自己年轻的生命落下了帷幕。

顺子改名后,我们见过一次。那次她来看了我的演出。

我前面写了,自己开始逃避顺子,不接她的电

---

[1] 真行寺君枝(1959—):日本女演员,生于东京。代表作包括电视剧《沿线地图》(1979,编剧山田太一),电影《且听风吟》(1981,导演大森一树)等。

话，她就一天打五个电话到我爸妈家，结果更让我想远离，变成了一种恶性循环。这个状态还没有持续很久的时候，她仍在对我表示："见面吧。""小纯在吗？"就是在这期间，她来看了我的演出。

顺子来到后台，一边喊着"小纯"，一边向我热情地挥着手，走近我。我本来觉得尴尬，却瞬间被她的笑容拯救了，不自觉地像往常一样跟她打了招呼："顺子，好久不见。"

在演出中累到虚脱的我，也因为顺子那真诚的快乐而恢复了精神。我想，这个人居然能包容我那样对待她。（实际上，之后去了咖啡馆，她也完全没有责怪我为什么不接电话。）所以，那天晚上，当她问我"待会儿有时间吗？我有事想和你商量，一起去咖啡馆说吧"时，我爽快地答应了。如果是平时，我一定会说"饶了我吧，真的很累"，然后拒绝。

我们在夜晚的涩谷找到一家合适的咖啡馆，喝着红茶。毕竟是在演出之后，身体还是觉得很累。

顺子拿出了一个包装可爱的礼盒，说："给，生日礼物！"我的生日确实快到了。

"谢谢顺子，可以打开吗？"

我打开包装，是一对茶杯，形状像马卡龙那样圆圆的，颜色分别是淡粉和淡蓝。

"真的太感谢了，我会好好用的。我也回送个什么做礼物吧。"

顺子一副并不是要聊这个话题的样子，说道："我在想，在写东西之外找个赚钱的工作。我想认真工作。"

我虽然很震惊，但从心底赞成："是吗！是好事啊，很厉害的决定。"

但随后，不安的情绪立马向我袭来。她以前也想打工来着，但是面试了十次便利店都失败了，她不会要去做风俗业吧。我很紧张，如果做风俗业之类的夜间工作，顺子会很危险，甚至会被骗。

正在我擅自担心的时候，她接话说："准备做翻译的工作。"

我松了一口气。但我第一次知道她的外语居然已经到了可以做翻译的程度，令我很惊讶。

结果她紧接着又说："所以啊，为了能说英语，我准备去英语口语学校。小纯，能不能帮我出钱哇？拜托了。"

我，哑口无言。

这么说或许很失礼，但我当时真的觉得，这个人脑袋实在是太奇怪了。

我因为对方过分的发言完全不知道该说什么，但是顺子还是一直以来的那个洛丽塔顺子，在我的眼前，优雅地喝着红茶。

我心想，所以到头来还是为了我的钱吗？我用手指夹起桌上的账单，起身说："这个我付掉了，英语学校的事，找别人吧。"然后离开了那里。背后传来顺子的声音："等等，等等。"我回过头，听到她说："我又在向小纯撒娇了，抱歉。"她一副恳切的样子叫我别走。但我觉得她只是和其他人一样因为钱和我来往，非常失望，身体又因为演出而极度疲劳。我只想快点回到家，躺在自己的床上。

"我也是，抱歉。"

我勉强留下这句话准备回去的时候，顺子再次说出了让人震惊的话。

"我没有回去的车费，至少帮我付了这个吧。"

先是英语学校学费，然后是饮料费，现在是回程车费，她从一开始就想着要让我付吧。完全把我当傻子吗？我几乎无法思考，拖着疲惫不堪的身体，觉得答应和她一起喝茶的自己非常滑稽。我按她说的，给了她三百元左右的车费，告诉她"不用还了"，结好账走出店门，拦下路上经过的出租车，回家了。

这还没完！顺子又打听到了我的住址，这回换成了写信。信上写着以后喝茶一定AA、绝不再提钱的事、拜托了见面吧、好想和以前一样开心地说话之类的。我决定最后和她见一面。我疲惫到了极点，觉得跟她再怎么说都没用，不直接让她感觉到我坚决的态度，她是不会明白的。她还一直在给我打电话。

我们最后一次见面的地方，是新宿伊势丹的一楼，面朝明治大道的明亮咖啡馆。

顺子先到了，坐在里面的位置等我。我"啪"的一声随手把包放下，和她面对面，没有视线接触。虽然她努力地开朗地聊着天，但我完全不记得那个时候她说了什么。我心不在焉，或者说，故意表现出不快听她说话，回话也是在应付。顺子难免也情绪低落了下来。

当时，她应该是在闲聊一些无关紧要的话题，但内容我已经想不起来了。我脸看起来应该很臭吧。

比起这些，我倒是记得和这家咖啡馆相对的，明治大道的对面有一家电影院，当时正在上映一部名为《爱在静默中》[1]的作品。我先前并不知道任何与这部电影有关的知识，故事内容也完全不了解，只是对这种日文译名感到抗拒，觉得自己不会去看。

顺子像是总算明白了过来，在反复说了很久"小纯对不起"后，终于问我："我是不是应该走了？"在这之前，我都用"嗯"回话。对于这一句，我也冷酷地回道"嗯"。她难过地起身，准备放下饮料钱离开。我远远看着电影的海报，说："不用了。"

对她的那句"那，再见了"，我什么都没有回。

顺子走出去的路线刚好遮住了《爱在静默中》的那张海报，她推开透明的玻璃门，一边回头看向我，一边出了咖啡馆。这就是我和她的最后一面。

如我所愿，电话和信果然都不再来了。那天，顺子离开以后，我独自一人，不知为何很在意那部

---

[1] 1986年的美国电影，导演为兰达·海恩斯。其日文译名为《愛は静けさの中に》，中文译名为《失宠于上帝的孩子们》。本书原文为日文标题，并与正文的氛围相关，故沿用。

《爱在静默中》，于是出了咖啡馆，走进了电影院。

身为聋哑人的年轻美丽的女子，对任何人都心门紧锁。她焦躁不安，利落地工作，日复一日。面对被自己吸引的男性，这位年轻的女孩也非常冷淡。个性刚强的女性因为爱的力量，渐渐……电影的内容就是这样。主演的女演员演技很好，和角色也很契合。

记得那段时间，我时不时就会回父母家，也像在逃避顺子的电话。为什么这么说呢？因为我得知顺子的死亡，是通过妈妈和妹妹。

听说是顺子的妈妈打来的电话。

我当然不相信。

带着这份不相信，我在缺乏现实感的飘浮梦境中，去了PARCO的书店。我想，看看在杂志上的洛丽塔顺子连载，就能知道她到底是活着还是死了。如今回想起来，这真是不可靠的方法啊。明明妈妈和妹妹告诉我，留了顺子妈妈的电话号码。当时的我，无论如何也不愿意回拨电话去确认她是不是真的死了。

连载顺子专栏的杂志上，代替她的文字出现的，是南原总编写的洛丽塔顺子追悼文。

我想,她真的死了。

后来,我才知道她的死因。那天,和我分开后,她和同居的S(编辑、作家)也吵架了。S一怒之下离开家,丢下了顺子一个人。顺子感冒了,发了高烧,躺了两周时间,非常衰弱,被自己的呕吐物呛住了。在她还有一丝气息的时候,她母亲来了,虽然慌忙叫了救护车,但已经太迟。顺子已经咽气了。

那时,没有朋友再接她这个电话狂魔的电话了,她也已经虚弱到拨不出电话了。

这简直是如画一般的孤独死。

顺子死后,我鼓起勇气,拨通了妈妈和妹妹告诉我的顺子妈妈的电话。

我做好了准备,作为在死前和她断了联系、害得她孤独死去的我,就算被责骂、埋怨也非常合理。

谁知道,顺子妈妈一边哭,一边轻轻地告诉了我下面的话。

"每次和我见面,顺子都会说自己很喜欢、很尊敬户川小姐。说你又漂亮,唱歌又好。她总说自己想变成你这样的人,很崇拜你。谢谢你能和顺子做朋友。请您今后也时不时想想她吧。"

我数次怀疑过的所谓为了钱的交往,绝不存在。

"葬礼会在之后举行,我知道您很忙,但如果可以的话,希望您能来。"

我本来就打算要去的。看了行程表,那天排了工作,但我说:"我一定会尽量去的。"

挂了电话,我回到了自己在父母家的房间。然后难得地、激烈地号啕大哭起来。让我这样哭的,除了几十年后父亲的过世,就是顺子过世的这次。而京子[1]死的时候,我完全无法拥有实感,父亲作为丧主,面对蜂拥的媒体,被迫站在话筒前,他说着"放过我们吧",强忍着不让自己掉下眼泪。我忍不住掉下眼泪也只是在看到这一幕的时刻。

父亲的死对我来说是特别的,而京子可以说是以演员的身份走过了她的一生,但洛丽塔顺子呢?她留下了什么?又有几个人知道她的存在?我想起了

---

[1] 户川京子(1964—2002):日本女演员、歌手,户川纯的亲妹妹。从小就体弱多病,后因精神疾病在家中上吊自杀,这起事件对户川纯造成了极大的影响。

沟口健二导演的一部老电影《沟渠》[1]，想起了弱小而贫穷的娼妇在阴沟里衣衫褴褛地死掉的一幕。顺子的死，就是如此悲惨的事。

我感觉像是一种错位，比起洛丽塔，顺子更像爱丽丝。不是迷失在奇幻世界的爱丽丝，而是从奇幻世界来到现实俗世这个迷宫的爱丽丝。她以自己的方式，不得要领但全情享受、拼尽全力地活着。她想和柴郡猫、矮胖子[2]这些莫名其妙的生物好好相处，但不论怎么挣扎，她也是一个来自其他世界的女孩。

出殡那天，我结束了工作后赶去了顺子的葬礼。

那是一个非常小的家族葬礼。我和顺子的爸爸、弟弟都打了招呼。只有少数的亲友能来，我感谢他们邀请了我。

顺子妈妈一边手指着什么，一边用手帕擦着眼泪，对我说："去看看她吧，顺子变成了那么小的一个。"我顺着她指着的架子看去，那是骨灰坛吧，放

---

[1] 《沟渠》（どぶ）的导演应为新藤兼人，沟口健二并没有这样一部电影，疑作者笔误。
[2] 柴郡猫与矮胖子都是《爱丽丝梦游仙境》中的人物。

在白色锦缎材质的盒子中。我看到顺子被装进那么小的东西里，又忍不住流泪了。

顺子喜欢华丽的衣服。我对着盒子合掌，心想：虽然是和服，但是它像婚纱一样雪白，顺子，今天你穿上了至今为止我所见过的最炫目的白色裙装，非常美丽。

接着，顺子爸爸让我从遗物中挑一样自己喜欢的东西。摆出来的物件中有我给她买的那件像婚纱一样夸张的裙子。它的拥有者——顺子已经不在了。意识到这个事实，我无法抑制自己难过的心情。最后，我没有选那件裙子，而是选了一个黑色的蝴蝶结发饰。

那之后没多久，之前提到过的那位顺子的同居者，在她死前两周和她吵架后离开家的S给我打来了电话。"抱歉打扰，我查了电话号码后打过来的。"以此开场，S告诉我，顺子经常跟他讲很多我的好话，所以想跟我见面聊聊。我们约在青山的CAY餐厅。

S非常低落，那自责的样子，让人看了都不忍心。

我对S说，我们只是做了当时自己能做的。我不觉得这句话能够安慰到S和我自己，但除此之外并无他法。

随后，S提到了约我见面的正题。

他想出顺子的书，想让我帮忙。

"当然，只要我能做的，我一定帮忙。"我这样回答他。

在顺子死后，如果还有能为她做的事，我从心底愿意。

但是，和S在CAY见了两三次面，为顺子出书的事并没有那么顺利。我也不知道为什么。感觉没有头绪，无从下手。而且，S也好，我也好，都很憔悴，当时并没有能做出什么来的心情。这也是其中一个原因吧。

后来，在某本杂志上，山崎春美也以"洛丽塔顺子著作"的标题做过宣传。但最后有没有做出来，我不确定。山崎也静不下心做事吧。

像这样，在洛丽塔顺子死后，我们几个人想要让世间更多地知晓她的存在，而在她生前，我们又都与她产生过隔阂。

我突然想起了，我和顺子最后告别的那间伊势丹一楼咖啡馆，从它的玻璃窗望到、后来我一个人随意去看过的那部电影——《爱在静默中》。想起了那个孤独的年轻聋哑女子，她的刚毅，她不对他人敞开心扉的生存方式，以及最后的美好结局——被一位男性用爱从孤独中解救了出来。

死掉的顺子，与之完全相反。

虽然我很喜欢那部电影，但它终究是好莱坞故事。

顺子在两周时间里包裹在孤独的被子中，她在想什么呢？刚开始，应该也疯狂地打了很多电话吧，但后来明白打了也是徒劳。作为她精神背景的朋克，在那个时候生成了吧。因为已经是无法唱歌的状态，所以就像人生的追记。她不会憎恨谁，也不会憎恨这个世界吧。顺子的心是干净的，但就算她没有怨恨，那里也一定有我所想象不到的恐怖而深邃的精神的饥饿。

那之后，顺子妈妈经常来看我的演出和话剧。每次她都会说："我听说户川小姐和顺子同岁，所以看到户川小姐，我就会想如果顺子还活着也已经这么大了。"

我必须带着顺子的份一起活下去，可后来，我也有过被死亡拖拽的瞬间。于是，很遗憾，顺子妈妈就不怎么来看我的演出和剧了。这很合理。对顺子妈妈，我真的感到很抱歉。

顺子死了，京子死了，爸爸死了，连载了四次的这篇长长的关于洛丽塔顺子的文章写到中途，蜷川幸雄先生也去世了。在我写到最终回的时候，又有一位，远藤贤司先生去世了。

我受够了，不要再让我喜欢的人走掉了。我带着这种心情祈祷。

但是，人类被上天召唤是一种宿命，今后也要做好准备，必然会在哪里与之相遇。体验了各种人的死亡，自然会产生这样的想法。即便如此，我依然觉得，所有人的那一天，都是突然到来的。

说了这么多，总之，我喜欢的洛丽塔顺子让我第一次体味到了面对人类死亡时的伤感。

读了这篇文章的人或许能理解吧,不论是洛丽塔顺子的生还是她的死,都好像缺乏一种现实感。洛丽塔顺子,到底是个什么样的人呢?她好像没有实体,飘浮在哪里。她去世以后,好像越发如此了。

解救我的,是仿佛从彼岸传来的顺子那宛如初次见面一般、与她在世时没有差别的、明亮的、可爱的、透明的女孩子的声音。虽然她去世是很早以前的事了,我还是为她祈愿冥福。

这次我写的并不是追悼文,写得这么长,写得这么真实,可能并不好吧。下次的演出中,我想把《蛹化之女》献给洛丽塔顺子。这是首孤独的歌,就用它来抚慰顺子吧。

合掌。

(原载于 *ele-king* 17 号、18 号、20 号、21 号,2015 年—2018 年修改增补)

久世光彦[1]

写作"久世光彦",读作"Kuze Teruhiko"。

这档连载写的都是我喜欢的人,但对久世先生的感受,与喜欢不同。如今回想,觉得他很有人性,但同时也勾连着我的很多痛苦回忆。不过,我觉得自己总归还是从久世先生那里得到过微量的爱吧。所以我也想带着这微量的爱,重新回忆那段痛苦的日子。

我与久世先生的相遇,是我正式向着演员迈进,被经纪人带着去见导演和制片人的时候。当时说有一部剧两周后就要开拍。那就是《拜托刑警》(TBS)

---

[1] 久世光彦(1935—2006):日本导演、小说家、词作者、实业家,1998年获得紫绶褒章。电视剧代表作有《寺内贯太郎一家》《怪谈》《D坂杀人事件》等,小说代表作有《一九三四年冬·乱步》(获山本周五郎奖)、《萧萧馆日录》(获泉镜花文学奖)。

这部拍子武[1]主演的电视剧。

剧组要为在剧中被拍子武欺负的阴郁茶水妹选角。这个角色之所以直到两周前还没定，听说是因为本来要演"Otsuya"这个阴郁茶水妹的女孩子本人真的很阴郁，到了开拍前两周，明明连服装造型都定了，却哭着说"不想被拍子武欺负"退出了。我因此得到了试镜的机会，真是不好意思，别人的不幸，变成了我的好运。

我没想过自己会被选上。因为我感觉久世先生完全没有对我显示出任何兴趣，总共就跟我说了两句话。盯着我看的久世先生，问当时烫着大波浪卷发的我："你，能把头发烫直吗？"经纪人赶忙说着"有烫过的"，拿出了我和上野先生、细野（晴臣）先生

---

[1] 拍子武（ビートたけし）：北野武作为搞笑艺人在日本活动时的名字。原作使用此艺名，故沿用。

一起在LDK录音室[1]拍的照片。那时我还没有烫卷发，是刘海放下来的直发造型。我回答"能"之后，久世先生又问"两周瘦五公斤呢"。对当时的我来说，不管减多少斤都行，我觉得这是很简单的事，于是回答"能"。我们的对话仅限于此。不知道是副导演还是谁，告诉我"之后再通知你"。两三天后，我知道自己被选上了。当时我单纯地觉得"被欺负也只是在戏里，能出演真是太好了！"，沉浸在第一次得到正式演员工作的喜悦中。虽然，那只是个不重要的配角。

哪怕到了最近，我还是经常被问道："哪件事让你突然意识到自己真的是艺人了？"确实有。是多亏了久世先生。

那时候我还没算入行吧，有一次坐电车遇到了一件不开心的事。当时的彩排场地在六本木的朝日电视台，正式拍摄则要乘新宿小田急线到摄影棚。我总

---

[1] 对日本战后音乐来说很重要的一间录音室，位于东京都文京区。1982年由Y.M.O的细野晴臣及高桥幸宏共同设立，为自身厂牌"¥EN"的很多音乐人服务过，在"¥EN"解散后也一直被众多音乐人使用。LDK的意思是"Living Dining Kitchen（起居室 餐厅 厨房）"，其设计理念为"私人录音室"。它一直存续到2014年3月21日，因所在建筑的老化而关闭。

是在早班车的时段,抓着吊环等待发车。为了等下一班慢车或快车[1]而在车头排成两列的乘客中,有两个不知道是初中生还是高中生的打扮轻浮的女孩。两个人一边盯着车里的我,一边嘀嘀咕咕地讲着悄悄话,还别有意味地、偷偷摸摸地笑。虽然我不知道她们在说什么,但是被第一次见面的人指指点点、暗地里嘲笑,我的心情当然不会好,脸色也很阴沉。看到我这样,两个人变得更高兴了。没多久,车门关了,列车启动。这时,两个人开始对着我大幅挥手。我只剩下震惊的份儿。回过神来,我才发现自己穿着和《拜托刑警》里很像的灰色衣服,想着没必要特意麻烦化妆师,所以出门前自己随便编好了麻花辫。刚巧,前一天就是播第一集的日子。所以哪怕我阴沉着脸,对方也觉得好笑就是因为这个吧。虽然那时我已经用了很久户川纯这个名字,但在演员的领域,那就是我从户川顺子[2]变身户川纯的瞬间。

---

1 慢车停的车站比较多,快车则停的比较少,一般会交替运行。乘客需要根据自己要下车的站点等待相应的车次。
2 前文也提到过,户川纯的本名为户川顺子。

不过，最开始定妆的时候特别麻烦。从朴素的到张扬的，不知道换了多少套。突然，久世先生说："我知道了！这个角色不适合胸部太大。"所以后来造型师每次都用平织布把我裹成平胸。因为久世先生说自己喜欢《午夜守门人》这部电影，所以让阴郁的Otsuya与夏洛特·兰普林重合了。明明谁都看不出来，只有久世先生自己这么觉得，说只要平胸就对了。

电视剧的拍摄方法是主要演员的戏份会让他们集中拍摄。而我是新人，所以戏份被打得很散，早、中、晚都有，一整天都要待在摄影棚。在这期间要一直缠着束胸真的很辛苦。当时我想，可能女演员就是这样一种生物吧。造型师体谅我，为我想了很多办法，最后为了让束胸保持缠着的状态给它缝了起来，再附上肩带，背部改成纽扣式的——整个改造成法式束胸衣的样子。这样一来，等待的时段我就可以拉开连衣裙的拉链，解开束胸纽扣，让候场变得轻松。

自从开始拍摄，我就新伤不断。某个场景，梅宫辰夫先生喊完"出发！"后，大家要大喊一声一起跑出去。虽然跟我没有关系，但我也要跟着出去。而且让我利用蹦床在门"啪"的一声关上的时候，整个人吧唧一下撞上去再吧唧一下掉在地上。照做以后，空中传来[1]从不夸我的久世先生的声音："Otsuya太棒了！"

总之，这类场景很多。但我让剧组很满意。哪怕我处在布景的最深处，摄影机都想带到我。摄影师经常"往右一点"这样指导我入画。我一直能被看到，即便没有台词，也会被要求"在后面跳舞"。可我也总不能突然来一段现代芭蕾吧？我思考了一番在这种场景下应该跳什么舞，最后像大卫·拜恩那样跳了起来。

在拍摄初期，大家对我的演技都很不屑，毕竟我是不知道从哪里跑来的新人。这也是没有办法的事。"因为你的角色在剧里总是一个人，所以如果私下和大家关系很好，戏里肯定会表现出来。我也会跟其他人打招呼的。不要跟 Otsuya 一块儿吃饭，不要结伴一起收工。"我被剧组这样安排。他们特别认真地叮嘱其他人"不要叫 Otsuya 一起"。虽然我心想"哪

---

[1] 导演一般坐在控制室，声音会从天花板附近的喇叭传入摄影棚，在日本习惯叫作"天之声"。

有那么容易表现出来"，但毕竟是新人嘛，或许真会忍不住吧。也为了避免发生这种事，我自己也没有去亲近大家。

最开始我的名字只能和其他五人作为一组，一起出现在屏幕上，而且还是最末尾。不过，尽管只是装配式的临时房屋，我好歹拥有个人休息室。后来，我的戏份渐渐多了起来，名字也变成两人一组出现在屏幕上。有一次经纪人送来了槲叶糕，我带去了大家都在的大房间，安冈力也先生还对我说"真可爱啊"。当时，他的笑容很温柔。

我不记得有人说过我歌唱得好，听到的都是"存在感""个性"这样的评价。演技也是，在我的记忆中，没有被人讲过"演技好"，同样是"存在感""个性"这类描述。那时候，我没有做所谓"有演技"的表演，而是故意"演得很烂"。我在三碟装的精选集《户川传奇》（*TOGAWA LEGEND*）里有说台词，就是那句"果然，爱，爱是最高贵的"，但也演得很僵硬、很勉强。其他台词我也基本上是这样表现，这可是我的角色设定。因为我觉得，不怎么跟人说话、没什么朋友的女孩子说这种话的时候，当然不可能很流畅，可不就像没有感情读台词一样嘛。但没有人觉得我在贯彻角色设定，所以也不会觉得我"演技好"。

那段时间，我收到的粉丝来信能塞满一个大纸袋，需要两只手才抱得下。给我寄信的孩子里不良少年/少女很多。但因为他们还只是高中生、初中生，所以会产生误解，会把我当作不擅长说话、不和别人交流、怕生的女孩子，然后在信上写："如果被武先生欺负了就给我打电话。至少我能听你说说话。"这说明我的演技很好啊，真的让人以为我是那样的性格。所以，我默默地跟自己嘟囔："自然！自然！真实！"（虽然自然与真实是完全不同的东西，但我必须这样提醒自己。）

终于，伤痛不断、跌跌撞撞的剧情迎来了结束的这天——要拍摄大结局了。当天有一场戏很伤感，摄影机要在虚焦的状态下拍我，所以脸不会拍得很清楚。或许因为刚好在那段时间我遇到了艰难的事吧，所以在现场，眼泪扑簌簌地掉下来，哭了。这场戏结束以后，久世先生从副控室走过来问我："刚才那场戏，真哭了啊？"根本没有回答的必要，因为我还在抽抽搭搭。"嗯"地回了一声后，久世先生说："要成为能在这种时候立马哭出来的女演员哦。"一有机会，久世先生就会这样指导我。

那天是拍摄的最后一天，包括刚才那场戏在内又拍了几场之后就杀青庆功了。大家真的都觉得我的戏很有趣，表示很喜欢我，对我很亲切。力也先生还突然用"公主抱"把我抱起来，大家开心地庆祝着，很热闹。久世先生在我要回去的时候利落地伸出手跟我握手。我们很结实地握了一次手。因为久世先生真的是长辈级别的人物，所以我很开心。

我在《拜托刑警》里的表演，可以算得上是受虐吧。久世先生在用我的时候，还对一件事情非常执着。剧中有大家因为长相起了摩擦的戏，于是久世先生让编剧再多加进去一些说我是丑八怪的戏份。以至于我常常想，明明中学以后，整个高中我都再也没有被说过丑，甚至进了娱乐圈还经常被说可爱来着。久世先生就是很执着于我的"长相"，结果真的加了很多说我丑的戏。不过，我倒也不会被这种事刺伤啦。

在下一部电视剧《就剩睡觉了》(朝日电视台)里，

我得到了饰演主要角色的机会。最开始的剧名是《掉队的家伙》(ああ、落ちこぼれ)，结果久世先生生气地说："太没品位了。"多亏一锤定音的糸井重里先生重起了剧名。剧本的设定是所有人都觊觎着三木则平饰演的当铺老板的遗产。因为故事牵扯到结婚、生育，标题自然有性方面的意味，但同时还有第二层意思，就是指总闹脾气、完全没有干劲的人。

下面我要讲到一件事，涉及到已经过世了的人物，虽然写久世先生没问题，但另一位我想隐去姓名。

那次，经纪人告诉我："久世先生想特地请你吃顿饭，好像因为总是让你演一些受罪的剧情，所以觉得很抱歉。"去了以后，久世先生虽然没直接跟我道歉，但在出租车上跟我说"一直以来辛苦了"，慰劳了我。吃的是西餐，但其实久世先生另有目的，他是想把我引荐给某个人。其实就是挖人。我听说这在业内是很忌讳的事。那天的聚餐，就是为了我能从现在的事务所离职，换到某一家大型事务所，而让我"和大型事务所的社长见面"。因为这其实是禁忌，所以进行得很隐蔽，连对我也隐瞒着。但我在看菜单的时候，听到了久世先生窃窃私语的声音："很有趣的孩子吧。""绝对不会后悔的。""我保证。"就算声音很小,我也能从这些内容中明白正在谈论的禁忌话题。可见久世先生对我的器重。但是,这位社长最终拒绝了。

当时我所在的事务所氛围很愉快,旗下声优、演员各一半。我也经常接声优的工作,比如参演NHK的广播小说。在《宇宙战舰大和号》中为反派德斯拉总统配音的伊武雅刀先生,就和我在同一个事务所。也就是说,当时我并不是因为"格尔尼卡"的关系,而是因为事务所的关系出演了《蛇人秀》这档综艺。

可能我加入那家大型事务所对久世先生来说也有方便之处吧,但当时更重要的还是为我本身考虑。他想让我更受关注。

《就剩睡觉了》的拍摄依旧伤痛不断,比如有一场戏要往我的鼻子里灌洗洁精,好让我睡觉的时候从鼻子吹出泡泡来。这导致之后的三天不论我怎么做,洗洁精的味道都无法散去,还会在鼻子里放入黏黏的血浆,让我低头的时候能哗啦哗啦地流鼻血,后来我鼻子里的黏膜就一直很疼。演员,简直就是道具。我不会说"做不到",那时也没有人敢这样说。柄本明也被放了血浆。

关于我的造型,久世先生指示造型师:"要看起来破破烂烂,但走在PARCO[1]也不会觉得奇怪。"当时很流行故意给衣服开个洞,弄得破破烂烂的风格。造型师按照指示让我穿上了带有这种设计的"VIVA YOU"[2]。试装的时候,我穿了很多各式各样的服装。

拍摄开始前,久世先生难得地问我:"有没有想用的服装和发型?"根据情节,我是个低下、卑劣的角色,所以我想制造反差,就说:"想在头上戴丝带或者花。"因为开拍后樋口可南子的头发上被安排要一直都绑着丝带,所以化妆师把一朵真的大丁草花完美地戴在了我的头上。那朵花是婴儿粉色,非常漂亮。虽然我说想戴花,但一直想的都是假花,最后居然戴上了真的鲜花,这让我特别开心。也因为是真花,当然会随着时间枯萎。为了解决这个问题,拍摄日总是在水桶里备着十几枝婴儿粉色的大丁草花。久世先生不仅同意了在我头上插真花的方案,而且还准备到这

---

[1] 日本著名时尚购物中心。
[2] 日本的服装品牌,中野裕通创立,于2011年倒闭。

种程度，这让我惊叹不已。

那之后就要开始正式拍摄了，久世先生突然问我："你跟多少男人睡过？"我不懂为什么要问这种问题，很生气。几年前我有过被好几个男性乱来的经历，至今都历历在目。我对久世先生的提问感觉很不舒服，自暴自弃地直言不讳，算上那几个乱来的再加上交往过的，把人数告诉了他。久世先生可能以为我会回答"一个"，最多"两个"吧，所以被我的答案吓到了。但他又很真诚地对我说："你现在正是特别享受性的年纪吧，但去美术馆、画廊、图书馆这些地方培养自己的感性更重要。"我本来就经常去原美术馆还有上野[1]，这种道理还是知道的。我觉得可能自己看起来不是会做这种事的形象吧，同时感觉到久世先生其实是很亲切地在担心我。还有一点，大概我看起来并不是那么放荡的人。我也放下了心。

对电视剧片头曲的设想，久世先生说："我脑袋

---

1 东京都美术馆、森美术馆、国立西洋美术馆、东京国立博物馆等众多文化设施都位于上野。

里已经有画面了。所有人都裸体。"虽说只是一小会儿，但每周都要在开头播裸体吗？这绝对不行、不行、不行——我简直脊背僵直。久世先生在彩排的时候对裸露、接吻这种重要的事情会像开玩笑一样轻松带过，但正式拍摄的时候可非常严格。我当时的年龄对拍吻戏还很害羞。对于自己的演员职业发展规划，我是想以清纯派从晨间剧走向主流的。所以不禁叹息，事情怎么会变成这样？

最后剧名里说的事是不拍了，我稍微安心了一下，结果裸体镜头立马就来了。听到要拍裸体以后，我跟久世先生说："我的胸部比别人，怎么说呢，更靠下一些，因为太软了……"真的噗噜噗噜的像装着水一样软。"垂下来的吗？那不是很好嘛。"不愧是喜欢《午夜守门人》的人。因为久世先生并不知道我的胸部有多大，所以他理解的"垂下来"也许是《午夜守门人》里夏洛特·兰普林那种垂下来的小胸吧。我的胸部，说实话，很大。因为比较大又很水润柔软，所以就会垂下来。久世先生并不知道我的胸部什么形状，给我饰演的美也安排了为夺取遗产而用性去诱惑别人但统统失败的戏份。

其中有一场，我要抓着柄本明的手放在自己的胸部，一边揉一边说"跟我结婚吧，贯一先生"。我非常抗拒，但当时的我很单纯地觉得，做演员就应该不论什么戏都愉快地完成，虽然心里已经在流眼泪了。"你是笨蛋吗？"空中传来久世先生发火的声音，"美也，别想糊弄，好好地把柄本的手放到自己胸上！"我喊了一声"放了"，空气中安静了一下，随后传来"真的吗，柄本？"，柄本先生只好憋着笑说："放了。""不好意思，美也。"久世先生这才对我道了歉，说，"抱歉，能不能假装[1]把柄本的手再往上抬一些。"听到这句话，我更觉得羞耻，很想哭。

美也听说当铺老板得了癌症以后大受打击，觉得他是不是马上就要死了，于是决定去医院换掉X光透视片，还带着护士服去了医院，准备在卫生间换上——拍这场戏的时候，剧组简直开玩笑一样突然说："好，下面拍美也的裸体。"拍《到点了》（TBS）的时候，有很多裸体模特进进出出，各种形状的乳房

---

[1] 原文用词为"盗んで"，并加注"这是一个业界用语，表示为了表演而作假"。为行文流畅而译为"假装"，省略了括号内的原注。

也看了很多……但脱衣服还是会让我觉得羞耻，那个胸部不是给人看的。即便觉得没脸面对生养自己的父母，但一般来说，女演员就是导演的奴隶。采访的时候我也这样说过，我们无法拒绝拍摄要求。造型师跟我说："抓住衣服的领口猛地一扯，很简单就脱下来了。护士服也是魔术贴设计，很好换上去。"

更让我觉得羞耻的是，明显快要露出内裤的镜头特别多。所以剧组让我在内裤上面再穿上一条红色毛线内裤，能遮到大腿内侧。也就是说，我的裸体上穿着这条红色毛线内裤，这种造型非常糟糕。可能确实有冲击力吧，但作为搞笑段子，我也不懂到底哪里有趣，既没有艺术性也没有必要性，就算是色情性也没有啊。当时我觉得太难过了，眼泪大颗大颗地往下掉，低下了头。这时，空中又传来了声音："笨蛋，别哭啊！戏会接不上。化妆师！把冷毛巾拿上来，快点让她眼睛消肿。"什么辛苦、羞耻都成了另一个次元的事，我的心境立马变成了要让眼睛快点消肿。

《就剩睡觉了》开发布会的时候，久世先生说："这次让我满意的部分是三木则平和户川纯一起搭戏。"

我想，他是觉得把两个非常有代际差异的人放在一起做喜剧性的表演很有化学反应吧。但从剧本上来看，我只是一直在被欺负而已，就是那种看了以后只会觉得"根本笑不出来"的阴惨惨的欺负。

我是这样想的："作为女演员，我现在还年轻，必须不顾一切付出120%的努力，等年长一些后就可以平稳了。"以后就可以慢慢地，从表演中把不需要的东西摒弃，用很少的表现来传达。终有一天能实现这样的表演。现在因为还年轻，所以必须拼尽全力——我只能这样想。

其实三木则平也不喜欢这种安排吧。他从庆功宴离席的时候对我说过"一直欺负你来着，真抱歉"。看来，觉得自己被欺负并不是我的错觉。

《就剩睡觉了》的拍摄太过痛苦，压力很大，而且也没有太多时间睡觉。在最后的庆功宴上，制作人说："经常连续几天一大早就开拍……一直拍到第二天一大早，辛苦大家了。"真的就是这样。我在拍摄期间，一直是极度疲劳的状态。某一次，还在大家一起彩排的时候睡着了。剧组工作人员叫我"美也，到这边来"的时候，我还以为发生了什么。结果听说是看到我睡着的三木则平说："在我面前都能睡着，也是很有胆量了。"空中又传来了久世先生的声音："笨蛋！居然有人在三木先生面前睡觉！"

小林信彦的《日本的笑星》（新潮文库）中对三木则平是负面评价。其中写道："他也没有像他自己以为的那样践行了什么伟大的事业吧。"确实，三木是一个很在乎威严的人。

话说回来，在《就剩睡觉了》这部充满阴暗氛围的奇怪喜剧中，本来就只有KYON2的笑容让人觉得是天使。[1] 比起"直言不讳的偶像""行为过激"等等外界对她的评价，我和她一起工作之后感觉到的是，毕竟是在《明星诞生》（日本TV）中唱着石野真子的歌出来的人，她向往的并非一时走红，而是正统的偶像之路吧。或许是我自己一厢情愿的看法，我会把这样的KYON2和自己重合。KYON2在那之后也演了久世先生的其他电视剧，深受喜爱。我总是被安上滑稽的人设，KYON2则总是饰演悲伤的角色。我在什

---

[1] 小泉今日子（KYON2）在剧中饰演夏美，当铺老板的私生女。

么地方读到过久世先生认真夸奖 KYON2 的文章。这让我也很高兴。而对于我，他在报纸上写道（当时还是 20 世纪），"20 世纪最顶级的女演员"。世人只会觉得这是无法理解的谬赞。但，足见他对我的器重。

后来，我跟事务所说"我再也不想去久世先生的剧组了"。第二年，除了我以外的《拜托刑警》原班人马出演了《拍子武的学问建议》（TBS）。少年特搜班变成了办公室。事务所告诉我："有个和小纯很像的孩子演了 Otsuya。"这应该是怪我跟事务所说了不想再去久世先生的剧组吧，但事务所提前问我一声也好啊。

《到点了》《寺内贯太郎一家》《姆》《姆一族》（均属于 TBS），我全都看了。如此可见，久世先生的存在感强到可怕。久世先生作为导演，因为男女私事曾被 TBS 开除，后来东山再起。这样的久世先生也难得地对我谈起过自己。

久世先生和大江健三郎是东京大学的同级生。其实电视台的员工基本上都是东大、早稻田、庆应毕业的精英。但是不论怎么努力工作，得到的也只有工资，他自己想做的是作家和导演。但因为大江拿到了诺贝尔文学奖，他想成为作家的动力也衰退了。这应该是相当痛苦的体验。毕竟这跟拿到芥川奖、直木奖可不一样，怎么偏偏就是诺贝尔奖啊。

久世先生确实执着于独特的美学意识。作为电视剧导演，不仅是服装，连照明和声音都要全部自己决定，事实上剧组的工作人员确实也称呼他为"导演"。[1]虽说并非完全出于这个原因，但演员或许都是被当作马驹一般对待的。

父亲因为太溺爱我，所以会像对待"物品"一样对待我，这之间或许有共通之处，久世先生也自觉心中有这样的父亲形象吧。这可能也是一种"疼爱方式"。我能主流出道也是久世先生游说众人的结果。但我却在发布会的时候迟到了。当时久世先生发了很大的火，对我说："你知道为了你能主流出道我费了多大功夫吗？"我当然一个劲儿地鞠躬道歉。太不应该了，难得他对我倾注了这么多爱。

---

[1] 在日本，电视剧导演（演出家）和电影导演（監督）的称呼和工作内容有微妙的差异，相对于后者来说，前者存在感没有那么强。

毫不夸张地说，在我眼里，久世先生是日本20世纪最重要的电视剧导演之一。虽然他这个人是个异端。

我每场以看镜头结束的戏，都会被要求说一句"我是美也，二十一岁，处女"。久世先生居然执着于将这个觊觎遗产、使用美人计的笨蛋女孩设定为处女。意思好像是说，其实这孩子拥有很单纯的身体。从这个意义上来说，这种心情也很像我父亲。

如果我没有被固定为滑稽角色，或许作为女演员可以更成功。报纸的娱乐专栏将我称为"久世学堂的优等生"，另一位能被视为"久世学堂"一员的年轻女演员是岸本加世子。她扎实地走上了正统女演员的路线。

虽然现在说这些也没有什么意义了，但如果我当时没有说"再也不想跟久世先生一起工作了"，如果我再忍耐一下，结果会怎么样呢？可是那个时候的我，也已经是强迫自己突破了极限的。

之后，妹妹京子被久世先生起用的时候，不知道因为什么契机，曾听他说过："你姐姐，真的很有才华。"

久世光彦导演，就是这样一位让我无法忘怀的人物。

（成书时新增篇目）

二　追悼

蜷川幸雄[1]

我这个人并不讨厌年岁增加。只不过，正如二十五岁前后是参加周围人婚礼的高峰期，年纪大了，穿丧服的场合就会变多。一个我对他的死完全没有心理准备的人，去世了。哪怕那时他已经八十岁，还坐着轮椅、插着鼻管，我却总觉得他没问题的。蜷川幸雄先生以这种状态愤怒地指导排演，用与以前无甚区别的气势把剧本摔在地板上——因为看过这样

---

[1] 蜷川幸雄（1935—2016）：日本著名话剧导演、电影导演、演员。生于埼玉县。他的作品极为丰富，从现代话剧到古典莎士比亚戏剧应有尽有，也曾与指挥家小泽征尔等合作过歌剧。获奖无数，话剧作品的奖项包括文化厅艺术祭话剧部门大奖、读卖话剧大奖、每日艺术奖、朝日奖。另外还获得英国名誉大英勋章三等。在日本获得最重要的几项文化荣誉：紫绶褒章、文化功劳者、文化勋章。著名摄影师、导演蜷川实花是其长女。

的视频片段,我才会如此大意。

不论是作为演员还是歌手,蜷川先生都给了我很多照顾,让自卑的我在这两个领域都获得了自信。

哪怕是他去世前几年,他还在节目《佐和子的清晨》(TBS)中称赞过我。我作为个人歌手出道后,他也一直都很喜欢我。自己写出来,我觉得很不好意思,但大家可以在网上查到。[1]

那次在聊到组建"埼玉黄金剧团"这支老年人剧团的话题时,节目组照例提问"最近有没有心动的歌",蜷川先生提到了我,当时还播放了相关画面。电视机前的我高兴得差点流泪。当然,蜷川先生说"输给谁谁谁了",外人也不会觉得他真输了,这句话丝毫不会动摇他的巨星形象。我想,他在无意识之中也如此认为,才会毫不介意地说出那句话吧。但即便如

---

[1] 蜷川幸雄在2012年8月11日的《佐和子的清晨》中推荐"心动的歌"是户川纯的《蛹化之女》,称赞:"我在车里听到这首歌,受到很大冲击,把我听哭了。感觉我正在做的事没什么了不起嘛,输给户川小姐了。很受打击呢。"数年后,其长女蜷川实花在2019年8月10日的《佐和子的清晨》中推荐"记忆中仍闪闪发光的歌"时也提及这首,说:"父亲蜷川幸雄很喜欢户川纯小姐的《蛹化之女》,经常听。"

此，我也感觉到，与众人口中到处扔烟灰缸的形象相反，蜷川先生其实是个谦逊的人。也正因如此，他才称得上是巨星。

我第一次感受到自己与蜷川先生的联结，是发行《雷达人》(レーダーマン)的时候。但当时我并没有意识到那是"联结"，而是充满了"为什么"的疑问。

那次，我等在摄影棚大厅，不经意地看起了碰巧在播放的NHK频道，电视里出现了台里一档节目的广告，画面中蜷川先生一如既往地在怒吼着指导排演，广告最后打出了"特集·蜷川幸雄的世界。敬请期待"的字样。问题是，这则广告的背景音乐，全程都播放着我的《谛念祭祀曲》。我当然惊讶到无以复加。

没过几天，我所属的唱片公司就接到电话，询问能否在剧中使用《谛念祭祀曲》和《蛹化之女》。那是剧目开演的前一天。我这才意识到我与NHK广告的联系。（后来，蜷川先生起用我为演员时，曾经说过："要用最开始的三分钟决一胜负，必须把观众从日常拽入戏剧空间。"）

《冬末的探戈》这部剧由平干二朗和名取裕子主

演,清水邦夫编剧,蜷川幸雄执导。我和唱片公司的负责人被邀请去观看首演,看到这样的阵容,我觉得自己做了了不得的事,很有面子。

演出开始前,灯光渐弱,最终完全陷入黑暗。剧场之中,突然,以很大的音量播放起了《谛念祭祀曲》。

要用最开始的三分钟决一胜负,而导演在最开始的最开始,用了我的音乐。当时,比起开心,我更多的是紧张。

演出结束后,我们去后台打招呼。蜷川先生顶着温柔、开朗的笑脸,对我说:"这场演出,没有户川小姐的歌无法完成。"他竟以这样的态度接待了我——这个哪怕是"玉姬巡演"[1]的东京站也只能在狭窄的演出场地举行的我,这个二十一二岁的我。

我太恐慌了,以至于完全僵硬。可能是为了缓解我的紧张,蜷川先生露出天真少年般的笑脸,说:"我可是自己去唱片店买的哦。不是谁送给我的。"我终于也笑了。

不过,《谛念祭祀曲》这首歌对于蜷川先生来说,

---

[1] 户川纯巡演的标题。

勾连着非常沉重的回忆。我直到很久以后才知道。那是近乎悲壮的回忆。

在这之前，我想讲讲另一个逝去的人——我的妹妹，京子。

妹妹当时为杂志《十七岁》每期最中间的彩页提供系列对谈。内容是和各种各样的人谈论时尚。如今回想《十七岁》编辑部，会觉得很有意思。因为他们每期都让京子去和冈本太郎[1]先生、蜷川先生这样的人物聊时尚。当然也会去访问知名模特，但还是不禁让人猜想，当时的《十七岁》编辑部是不是在选题会上边笑边决定人选的。

就这样，京子得到了拜访蜷川先生的机会，也得到了他的喜欢。

蜷川先生在《近松心中物语·所谓爱恋》的柏林演出和比利时演出中，将重要角色——小龟，给了京

---

[1] 冈本太郎（1911—1996）：日本艺术家、建筑大师。活跃于抽象美术运动与超现实主义运动，创作了许多有冲击力的作品。至今屹立在大阪万博纪念公园的"太阳之塔"和涩谷车站的"明日神话"就出自他之手。本书第三章第二篇将以他为主角展开。

子。(日本国内的主演为太地喜和子,海外演出的主演为田中裕子。国内演出中市原悦子饰演的角色,在海外演出中由京子担任。)

鸿上尚史[1]曾经告诉京子:"其实这部剧真正的主角是小龟。"害得京子战战兢兢地说:"鸿上先生,拜托您不要给我这么大的压力了。(笑)"

我们姐妹都得到了蜷川先生的关照,我从心底感到开心。在那之前,京子都是出演一些轻松的综艺节目,或是扮演古灵精怪的简单角色。但从她童星时期开始,我就看出她有能够静下心演戏的能力。是不是重要角色另说,蜷川先生给了京子在严肃舞台上发挥实力的机会。作为京子的姐姐,我由衷地感谢他。

大家都知道,蜷川先生常用杰尼斯事务所的偶像做演员。有一部分原因是主流明星会让阵容变得华丽。京子的情况也是一样,不论是谁,第一眼就能意识到这是自己见过的孩子。[2]

---

1 鸿上尚史(1958—):日本剧作家、导演。代表作有《优质伴侣》《罗密欧与罗莎琳》等。
2 户川京子自五岁起进入向日葵剧团,作为童星出演过多部电视剧、电影,因其明亮活泼的形象,深受观众喜爱。

后来,《培尔·金特》[1]在巨大的青山圆形剧场上演时,分为前一个月和后一个月,分别由杰尼斯事务所的偶像轮番担当男主。在这部只轮替男主的剧目中,京子饰演可爱美丽的女主。除了主演,以京子为代表,蜷川先生剧团的众多年轻面孔,都出没在这部剧中。我和母亲去看了后一个月的演出场次。

京子当童星的时候,经常要工作到很晚,有时还要在摄影棚留宿,母亲绝不以星妈自居,只是低调地陪在她身边,母亲说绝不想成为美空云雀母亲那样的人。

《培尔·金特》上演的时候,京子已经完全独当一面了,母亲单纯作为观众去看了一次上月的演出。因为很喜欢他们的表演所以想再看一次,虽然男主已经不一样了,但还是邀我一起去。

那次去看《培尔·金特》时,演出结束后我去了京子的休息室。当时饰演培尔·金特的演员——前杰尼斯组合"男斗呼组"成员冈本健一(虽然"男斗呼

---

[1] 挪威文学家易卜生的代表作之一,首演于1876年。该剧原版以韵文写成,剧情充满魔幻色彩。

组"已经解散，但他人气依然很高）来休息室，向我介绍了自己。我还见到了很多其他演员。正好京子和母亲去了别的休息室，我一个人待着的时候，知道我来了的蜷川先生进来了。

他没有跟我聊《培尔·金特》，而是说了和《谛念祭祀曲》有关的话题。那绝不是轻松、简短的故事，我非常庆幸自己听到了最后。那个故事，非常沉重。

蜷川先生出身地下戏剧世界，是相当具有左翼立场的人。他甚至敢在新宿地下排成一排的投币寄物柜前排演话剧。尽管他在演员时代也参与过主流娱乐圈的工作，但都是饰演反派，甚至被称作"被斩首专业户"。这件有名的逸事，我听杂志记者和母亲说过。

蜷川先生讨厌主流。但是，某天，他去了主流——或者应该称为商业话剧——剧场，被丰富的照明器材、能摆下大型布景道具的巨大空间、华丽的美术装饰以及随心所欲的预算压倒了。我想，作为一名导演，比起投币寄物柜，当然更能被这里调动起欲望吧。看看那之后蜷川先生的作品吧。斟酌再三，他还是从地下转向了商业话剧。后来，不论做了多少艺术作品，蜷川先生坚决把自己身处的世界称为"商业话剧"，就是因为他没有摒弃"艺术＝地下"的意识。

那一时期，一位青年拜访了转向商业话剧后不久的蜷川先生。

某次演出结束后，自称粉丝的青年表示有话一定要和蜷川先生说，于是两人去了咖啡馆。然后，事情发生了。这件事蜷川先生写进过自己的书里，在网络上流传很广，知道的人也很多。当时，蜷川先生告诉我，因为对象是我，所以他一定要讲出来。并且内容和后来流传的版本不同。我选择相信自己的记忆。因为这是与我有关的记忆。

蜷川先生的著作里以及网上流传的版本是——

青年用短刀顶住蜷川先生的侧腹，说道："我看了你的戏。现在，你还能说有希望吗？"蜷川先生冷静地回他："不会，希望这种东西，怎么可能有。"然后青年就离开了。

而我听到的版本是——

青年用短刀顶住蜷川先生的侧腹，说道："你后悔去做商业话剧吗？"因为青年表情异常严峻，所以蜷川先生明白对方是认真的。当时他想自己真的危险了,但还是选择说实话,回答"不后悔"。结果青年表情突然柔和下来,说:"这就是我想听的。你背叛了地下戏剧,转向商业话剧,如果还对此感到后悔,那就是对地下粉丝的二次背叛。虽然我不会再来看你的剧了,但你加油吧。"说完,青年就离开了。

为什么我要坚持自己的记忆,不愿意让步呢?是因为那之后发生的事。

蜷川先生回想说:"我再次感到,自己做了艰难的抉择啊。"

他原本因为自己背叛了地下戏剧转投商业话剧而自责、痛苦。但和这位青年的见面,让他意识到,自己选择的前进之路不可动摇。所以,蜷川先生在那之后的人生中,才一直跋涉在商业话剧的道路上吧。

或许这么说显得越界,但我认为:蜷川先生再一次相信了自己选择的道路,然后坚定不移地走了下去——虽然与那位青年的激烈态度方向不同,但他们都拥有同一种真挚。

即便是蜷川先生,也是人,也无法轻易忘记自己的背叛吧。这时,蜷川先生才告诉我,他是如何与自我和解的——虽然我写出来显得很狂妄——"听了

《谛念祭祀曲》,我被安慰了"。

他说:"我们的灵魂相似,那个灵魂被踩躏的感觉,反过来安慰了我。"

或许谁都会觉得,毫不迷茫、拼尽全力向前奔跑的蜷川先生,怎么会在心中泛起"谛念"[1]这样的词呢?然而,蜷川先生是放弃了重要的东西,才得以干脆果敢地在商业话剧世界专心致志地一路疾走。

和蜷川先生相比,我的世界如此渺小,但我确实以同样的心情写了这首歌的歌词。那是"放弃"的心情。年轻的时候,不,从小时候开始,我就放弃了一件重要的事。我没有与人沟通这件事的欲望。要说为什么,因为我不觉得会被理解,也不想被理解。这种事也不应该和别人讲述。

有很多人都对这首歌的歌词做出了解读。一首歌一旦发行,就已经成为听众的所有物。不论被怎么解读,只要对方觉得快乐、觉得被安慰,那我就会抱有感激。因为我本来就是要为大家提供娱乐。但是,

---

[1] "谛念"在日语中是"达观知命、放下执念"的意思,中文"谛"则指"仔细(看或听)、真实而正确的道理"。此处为保留歌名、日语原文的氛围及前后文的相关性而选择直接使用"谛念"。

某天我在网上看到了别人对某句歌词的解释，让我愤怒地觉得："这样写我会非常困扰！"

那人居然把第二段开头的"消失在空中，午饭的炮声"解释为"原子弹"的声音。[1]哪怕他写上"这只是我自己的理解"，我都没办法说什么。但他写得像正儿八经的评论家一样，好像是采访了我，得到了背后故事。

其实那是矿场之类的地方为了提醒午饭时间发射的空弹。所谓"午饭的炮声"是过去的叫法。我想用视觉和听觉去表现空响炮消失在空中的虚无。这是在表达放弃了的"执念"。

另外，这首歌姑且算是使用了情歌的表达方式。听说一个和我交往过的人认为，这首歌很单纯地只是在表现我和他分手了。

之前写町田町藏的时候，我提到过新音乐的某位女歌手曾经贬低我："明明只有二十岁，却一副洞悉了人生的样子。"我听说她二十岁之前都活得放任

---

[1] 原歌词为"空に消えゆく　お昼のドン"。"ドン"是拟声词，指敲击太鼓或大炮发射之类的声响。而原子弹有一个俗称为"ピカドン"，意味"闪光的爆炸声"。

自流，对这样的人来说，"谛念"这种词或许真的有假装洞悉人生的感觉吧。

但我从小时候开始，就必须比任何人都怀抱着浓厚的"无念"，必须放弃某件事。在我有限的认知里，只有蜷川先生一个人，将这个深层意义与他自己人生的"谛念"重合在了一起。

下面，我想写写作为一名演员在蜷川先生剧场工作时的回忆与感受，以及那之后的事。

收到蜷川先生请我饰演契诃夫剧本《三姊妹》中伊琳娜一角的邀约时，我高兴得简直要升天。心想，怎么可能！因为是主角，我不禁担忧地想，自己是否够得上京子以及其他偶像那样华丽的身份。当时，我都来不及紧张。

剧场是现在已经消失了的"四季剧场"[1]，对于在小剧场演过戏的我来说，感觉那里异常地大。这种容量的剧场，虽然我作为歌手去过几个，但在台上不使用话筒则是完全不同的体验。

---

1 位于银座，2013 年闭馆。

所以，我想，蜷川先生真的下了一个很大的赌注。我也下定决心，一定要好好回应他让我上大舞台的决定。（说到演话剧，我的经验仅限于小时候登上新桥演舞场。）

但是，从结论来说，并不顺利。若要追求现实感，就无法发出能清晰传到后排观众席的音量。但如果要发出那么大的音量，就会失去现实感。这是在舞台上常有的纠葛。

然而，蜷川先生在导戏时，从没让我"声音再大点"。甚至在聊到我的演技时——当时蜷川先生在《鸠！》[1]连载系列对谈，他邀请我参加的那期里——说："虽然你的表演偏离了原本的话剧语法，但我全面肯定你的演技。"我真的好开心。不过，看来我在现场还是太紧张了。我也意识到自己太重视现实感而没有发出足够大的音量。

蜷川先生一次都没有对我发过火。另一位我信任的舞台导演也以暴怒、恐怖出名，但这两位都没有

1　日本文艺杂志，1983 年 12 月创刊，2002 年 5 月停刊。

对我发过火。大概是怕我徒劳地紧张、退却，不能自然地发挥演技吧。所以我想，"越是重视、看好的演员，导演骂得就越狠"，这句话也并非绝对。

顺便一提，我之所以不具体写出另一位导演的名字，只是模糊提及，也是受到蜷川先生为人处世的影响。印象中，他曾经说过："在采访中如果被问到接下来想和哪位演员合作，我一般都不会列举，因为这会让没有被提到的演员产生不愉快的情绪。"这番话让我敬佩他的为人，也从中学到应该有如此细心的考虑。

排演的第一天，我见到了其他资深演员。仅仅是见到他们就会让我感觉到压力。合戏结束后，我下意识地跑到彩排现场的角落，面对墙壁蹲了下来。（这是我的习惯，想让自己放松的时候，喜欢蹲下来。）蜷川先生走到我身边，像睡佛一样躺下来，跟我说了很多真心话。

一进入彩排阶段，蜷川先生就不跟我说敬语了，没有距离感，这让我很开心。他保持着睡佛的姿势，对我说："我呀，可不想你紧张、害怕地来彩排现场，我想你满怀期待地来。"听他这样说，我感觉自己放松了下来。

不过,一旦开始彩排,就无法真的放松。因为这毕竟是蜷川幸雄的剧组。

蜷川先生摸着布景的模型说"这样、这样"。这是一个全是窗帘的布景,他在向演员和剧组人员说明,怎么让窗帘面向内侧飘动起来。他像个少年一样,说话的时候带着兴奋,让人觉得他真正享受创作戏剧。讲述创意的时候,他的眼睛总是闪闪发光。布景的最深处是暖炉,上面装饰着一张三姐妹的死去父亲的黑白照片。照片被放在华丽的镜框中,但大小非常不起眼,根本没办法看清。蜷川先生恶作剧一般开心地告诉我们:"其实那是现代话剧之父斯坦尼斯拉夫斯基的照片,也是死去的人嘛。"

接下来提到一件事,他的眼睛更加闪亮了:"四季剧场的舞台和观众席之间,有防火卷帘门哦。"

饰演长女的有马稻子小姐最后的台词是:"百年后的世界,人们一定不会再为这样的事受苦,让我们相信这一点吧!"

但蜷川先生想要表现的是——不,这样的剧情在百年后的现代世界也没有改变,它并非一个古典故事，在现代仍会随时上演。为打破三姐妹对百年后怀抱的希望，表现现实的残酷，他想在这段表演后，把防火卷帘放下来弄出巨大的声响。

"可要启动防火卷帘门，只能是用于防火这一个目的，真是顽固啊！我一定要想办法实现才行。"看到如此充满热情的蜷川先生，谁都会喜欢。

这部戏分为四幕。最开始的场景是，我饰演的三女儿伊琳娜在相当于日本人过生日的这一天，接连接受人们的祝福。这其实是一个介绍出场人物的场景，想必不用我多做说明，看的人也能明白。

这段出场人物介绍结束后，相当于我叔父的角色坐在椅子上，我靠在他的膝头开始讲述。那是一段表现百年前贵族人家的女儿对劳动怀抱幻想的台词。这段台词的主人公，与年少时除了去学校就几乎不被允许走出家门的我自己完美地重合了。这是我非常喜欢的一段台词。

当我靠在叔父膝头，神魂颠倒地讲述着时，蜷川先生提议："伊琳娜不如干脆牵着叔父的手，跑着把他拉到舞台最靠前的位置，让他坐下来，随后自己也坐下来,再开始说台词。"按照他的指示做了之后,我那段台词更加突出了,形象立体了许多。这是相当有魄力的尝试。有了这次的经验,我被磨炼出很大的勇气,不论在《三姊妹》中还是在其他剧中都变得敢于大胆展现自己的演技。

其实对于自己的表演,我有我的计划。我想通过改变表演的质地,表现因为各种经验的积累在四幕剧中逐渐成熟起来的伊琳娜。所以我在第一幕中的表演看起来很粗糙,犹如学校汇报表演,我是故意的。我虽然发出了有穿透力的声音,但忠于这个只知道明朗世界的角色设定,所以资深的共演者一定逐渐不安地认为,我的表演怎么会如此浅薄。

然而,蜷川先生一直耐心地在一旁守护我的表演。他看出我在之后第二幕、第三幕、第四幕中逐渐展露成熟的演技。

到了粗略排演第四幕的阶段,我们被要求再演一次第一幕。这时,我的演技突然回到了"呱呱蛙[1]

---

[1] 原文为"ケロヨン",这是日本儿童话剧《青蛙冒险》中的角色,也是它的口头禅。这种儿童话剧的形式是人钻进角色服装中表演,又因为是给儿童观看,所以演技比较僵硬、幼稚。

状态"（我用这个词来形容给小孩子看的演技。但我只在第一幕以及剧组让我自己排演的个人表演中的一部分里使用了呱呱蛙状态）。这时，有人说我这样演很难配合，结果蜷川先生对那人说："户川小姐根据不同幕，会改变表演的质地，就随她吧。"

啊，他懂我！我清晰地记得，当时因为"我被理解了"而产生的感激之情。

类似这样的瞬间还有许多。

第三幕中有一场戏的设定是，三姐妹家附近发生了火灾，毕竟是贵族宅邸，所以她们决定把一楼空出来给家被烧毁的人避难，自己待在二楼。

那场戏里，我，也就是伊琳娜说着，"不行了，已经不行了！"时，把压抑的情绪完全发泄出来，逐渐崩溃。我坐在椅子上，稍微低着头，猛地睁开眼睛，眼泪就吧嗒吧嗒地落在了膝盖上。

我本来不是容易掉眼泪的体质。这要怪小时候的教育，父亲讨厌别人哭，只要我一哭，他就会打到我不哭为止。但是在那场戏中，我进入了那种情绪，眼泪不停地落下，止不住地哭，脑袋也变得混乱，本来台词应该是"我想去莫斯科",结果说成了"莫斯科什么的,根本去不了!",而且是一边大笑一边宣泄出来。我记得,当时我的意识被激烈的绝望感袭击,以至于无法压抑兴奋,嘲笑起正在做梦的自己。

但是,我怕自己习惯了这么演,所以暗自不想多排这场戏。结果蜷川先生在大家面前说:"我不太想多排练这场戏,不想让大家太习惯。"

和我想的完全一样!说来惶恐,让我觉得自己与蜷川先生心意相通的瞬间真的很多。从这种意义上说,那是无比充实的排演,但我确实神经过于紧绷了。

因为我的演戏方式会让我变得异常。

饰演次女一角的是话剧界的精英佐藤织江小姐。即便我和她是完全不同的类型,她也像亲姐姐一样温柔地、眼含泪光地对我说过:"我非常喜欢你的演技,但是如果你一直像现在这样演,身体会坏掉的哦,要小心一点。保重自己。"

有马小姐也对我说过类似的话。

我在现实生活中是两姐妹中的姐姐,所以当时终于涌出了一种实感——自己是被两个温柔的姐姐照顾的妹妹。我说着"谢谢！姐姐！"，内心和眼眶都泛着温热。

话题变成我作为演员的故事了，请诸位原谅。或许有很多人觉得，追悼文应该多谈论一些蜷川先生的话题，但我想记录下蜷川先生的戏剧现场就是如此这般不断与自我的战斗。如今回想，我觉得，想要不被蜷川先生怒斥，就必须如此炽烈地自我逼迫吧。

那部剧最后有一场戏，是我被告知未婚夫在决斗中被击倒并丧命。当时，我太入戏，真的一瞬间失去了意识。多亏有马小姐和织江小姐抱住我，我才没有摔在地上。当我回过神时，是一种"我是谁，我在哪儿"的状态。蜷川先生满面笑容地说："这是话剧，何必做到这种程度。不管去了哪里，都还是要回来哦。"

这场戏已经接近尾声，之后就是有马小姐、织江小姐还有我走到舞台前方，有马小姐说出寄托百年希望的台词——就此落幕。某天，四季剧场的母公司大企×武的董事夫人们，大概五人左右来观看我们演戏。×武的几个员工也在夫人们后面摆上椅子一起看。

蜷川先生在有马小姐讲出最后的台词后，说出了了不得的话。他对着董事夫人和×武员工的方向大喊："×武有良心的话，就把防火卷帘门降下来。"

遗憾的是，正式演出的时候并没有成功实现放下防火卷帘门的愿望。

尽管如此，我依然感觉到，当时的蜷川先生纵使上了年纪，也还是个反叛青年。一个为了自己的戏，向大企业露出獠牙的反叛青年。

我想告诉那个拿短刀的青年，蜷川先生不会熄灭地下精神的火焰。

我自己，其实也置身于地下的世界吧。不过，比起"地下"这个词（似乎属于截至20世纪70年代的说法），我更适合没有省略的"地下文化"。[1]但我对"地下"所抱有的沉重感和自豪感与蜷川先生不同。这或许是时代的差异。蜷川先生虽然置身于地上的、主流的世界，但一直保持着沉重的地下世界精神。

---

1 "地下"（un-gro）和"地下文化"（underground）都是相对于"主流"或"商业"的一种概念。只不过两者存在微妙的差异，前者是后者的简略说法，而"地下"还会专指20世纪60至70年代小剧场、地下戏剧或跨界性的艺术团体，有一定的时代色彩。

偶尔，这种精神，这种绝不会熄灭的火焰，会哗的一下倾泻而出。或者说，蜷川先生本身不就是那团巨大的火焰吗？

他经常在其他共演者面前维护我——"户川小姐这样的人虽然在日本不常见，但是国外有。而且还很多。同时在主流和小众领域活动的人。"

蜷川先生之所以对我与他人不同，态度略微温和，就是因为把我当成半个地下圈的人吧。

我吧嗒吧嗒流眼泪的那场戏，其实剧本上并没有写"流泪""精神异常"之类的提示。所以，我想试着按话剧的逻辑表演一次。尽可能心情畅快地喊出声，也不痛哭流涕。如果这样行得通的话，那在舞台上就可以放出声音，精神也轻松了。换成这种方式，效果如何呢？我很想听听蜷川先生的意见。但就在我刚刚开始这样演的时候，蜷川先生立马喊停，要我回到最初的状态。

那天收工回去前我换好衣服，蜷川先生来找了我，说："户川小姐原本的表演我很喜欢，我希望你不要放弃。"然后又小声说，"其实，虽然这么说对观众很不好意思，但对我来说，观众席的一半或一半以上听不到户川小姐的声音都没关系。即使那样，我也想要你用自己的方式来演这部剧。"

对演员发火时，蜷川先生经常脱口而出的话是"你也太没野心了"。这样的戏剧导演居然对我说哪怕观众席听不到都可以。因为对剧场狭小的地下戏剧来说，这根本不是问题。蜷川先生应该知道，如果我最终以这样的方式表现，那么和其他演员的表演方式之间是有质地差异的，两者无法统合在一起。或许他只有在和我相关的部分，联通了自己的地下精神吧。

我也想过，自己不会再被叫去蜷川先生的剧组了。

那次对谈，蜷川先生夸奖了我的演技。但在一次不会登在纸面上的采访中，当对方问到"和户川小姐一起工作，已经放心了吗"时，蜷川先生回答："不放心啊！用这么危险的人很恐怖的。她被刺激了可是会失去意识的！"虽然他说这些的时候笑得很开心，但如果我站在蜷川先生的立场上也会觉得不安。他一定受够了吧。而且我的声音还那么小。

所以，我当时把《三姊妹》当作自己能与蜷川先生一起工作的最初也是最后的机会，想（在不失去意识的范围内）诚心诚意地努力。

但是，我从蜷川先生身边的年轻演员那里听说，评论家甚至不顾《三姊妹》还处于演出期间，就直接写这是部失败作品。关于我，当然写了声音小的事。对我的评价完全正确，但我对蜷川先生感到非常抱歉。这位年轻演员又告诉我："《美狄亚》上演的时候，还直接被写了'冒牌货'呢！所以，评论家的话你也不要太在意了。"我只看过《美狄亚》的剧照，当时是因为他们造型和服装太前卫了。但这次不同，出问题的是演员声音太小这种最基本的东西，我觉得责任在自己。

另外还有批评这部剧时间太长的。对于这一点，我毫无感觉。

《培尔·金特》上演的时候，因为整体时间太长还安排了中途休息。全场超过四个小时，这让蜷川先生也很苦恼。我听京子说，杰尼斯的演员们说："完全不用在意这个吧！想回去的人让他回去不就好了！！"

我也觉得，关于时长问题，想回去的人回去不就好了。

《三姊妹》还是迎来了最终场。在庆功宴上，托了蜷川先生的福，不仅有马小姐和织江小姐，从资深演员到年轻成员，大家都对我很友好。就连最年长的一位，超过九十岁高龄、给人感觉非常严肃的滨村纯先生都对我说了很温柔的话。这是我无法忘怀的体验。

那之后的一段时间，我回到了地下世界。

以小剧场形式上演的莎士比亚《仲夏夜之梦》（解构版）由蜷川先生导演。京子也参演了，我从她那里听说剧中有一个名叫海伦娜的角色原本准备找我来演。这是一位可怜又可爱的少女。

京子饰演的角色则很坚强，与海伦娜形成对比。所以蜷川先生觉得，如果由一对姐妹来扮演，应该会很有趣。但考虑到现实中的姐妹饰演对立的角色还是有些不自在，最终放弃了。

从中依然可以感受到蜷川先生的体贴与细腻。我觉得，一个人拥有如此惊人的胆量，同时又有如此细腻的心思，一定需要极大的能量吧。一般来说，要维持其中一面就很辛苦了，精神上负担很重。被誉为

"世界的 Ninagawa[1]",拥有世界级的视野,被众多国家认可的导演,居然会为两个姐妹之间的事如此慎之又慎地考虑。他拥有如此跨度极大的感性和能量。在我看来,蜷川先生的伟大,也能在这种地方得到印证。

对于我的演技,蜷川先生应该是觉得,如果是小剧场的规模,我因为重视现实感而不那么大的声音就不成问题了。仅仅是知道他曾考虑过邀请我出演,我就觉得很开心。

不管是这部《仲夏夜之梦》,还是其他剧,蜷川先生都请我去当观众。只要我去,他都会一如既往直爽、温柔地接待我。

后来,蜷川先生还邀请我参加他荣获文化勋章的纪念餐会。当时,我已经是现在这副模样——受过伤,后遗症导致腰痛,不用辅助推车连三分钟都站不住,因为不能运动,整个人变得很胖。虽然这样去见蜷川先生让我觉得很羞耻,但因为那是值得庆贺的事

---

[1] "蜷川"的罗马读音,为了体现蜷川幸雄已经超越了日本范围,成为世界级别的创作者。

情，我还是去了会场。

现场当然来了很多知名演员。而我整个人状态很不好，身体虚弱，想要继续演戏的话，就必须做那些根本看不到希望的复健寻求康复——面对这样的我，蜷川先生依旧用温柔的声音与我搭话。周围全是活跃于主流世界的演员，他们拍电视剧拍电影，时常出现在银幕中。身处他们当中，我显得如此格格不入，自己都忍不住想——我算什么呢？蜷川先生居然这般对待我。我很感动，甚至觉得他能做到这样很不可思议。

再后来，我就看到了那期《佐和子的清晨》。

提到的不是《谛念祭祀曲》。蜷川先生也很喜欢《朋克蛹化之女》。"我也想拥有户川小姐那样的朋克精神。"——年过七十还能说出这种话的人，恐怕只有蜷川先生了。

音乐类的节目介绍这首歌时，使用的 CD 封面是与蜷川先生的女儿蜷川实花小姐有关的《蛹化之女·蜷川实花精选》[1]版本，所以，或许他是通过女儿知道这

---

[1] 蜷川实花在自己导演的电影《狼狈》中使用了这首歌。

首歌的。所以，我对蜷川实花小姐也从心底抱有感谢。

在2014年上演的《试着陪睡冬眠的熊》中，蜷川先生也用了我的歌。

所以，我才会如此大意。

以至于突然地收到讣告。

巨大的丧失感向我袭来。一位伟大的人物逝世了，不仅如此，我还无比清楚地意识到——从此以后，我必须一个人前行了。这一刻我才明白，原来蜷川先生给了我如此坚固的支撑。

我想参加葬礼的心情非常强烈。但是，如果我这样的人出现在媒体面前，他们一定会一窝蜂地朝我伸出话筒、对准摄像机，因为世人就喜欢看"这个人如今怎么样了"之类的戏码。就算电视上不播，八卦杂志上也会写。虽然现在某一年龄层以下的人根本不知道我是谁了，但绝不是我自我意识过剩才有这番顾虑，事务所直到今天也一直收到这类采访请求。所以我不想出现在有媒体的地方。何况，我因为受伤后遗症只能使用辅助推车，变胖了，看起来就像深陷不幸遭遇的人，就更加吸引好事的人想来采访。

因此，为了避开这些，葬礼那天早晨，我拜托经纪人给青山殡仪馆发了唁电，然后穿着丧服、化着淡妆、方巾中包着香奠袋和念珠，让出租车配合着在葬礼开始的正午时刻开到了殡仪馆附近。我想下车，只盼能远远地合上我的双手祈祷，哪怕只有一瞬间。可惜，警卫非常严格，哪里都不让停车。最终，我只能在出租车中，向着举行葬礼的方向合上双手。接着去往邮局，把用淡墨色[1]写的信和装有现金的香奠袋一起，写上丧主——蜷川先生夫人——的名字，寄给了蜷川先生的事务所。回到家后，我站在水泥地[2]上，将准备好的粗盐窸窸窣窣地从头上撒下。

这样，就当我参加了葬礼吧。

这当然不能算是真正地参加葬礼，所以我对蜷川先生的死没有清晰的实感。

在那之后，蜷川先生的事务所寄来了郑重的回信。原来是认识的人向对方传达了我在会场附近合

---

[1] 根据日本人的礼仪，在祭奠相关的场合写香奠袋的封面以及信时，用比平时颜色淡的淡色墨水是一种表达尊敬的方式。
[2] 原文为"たたき"，指日式房间中玄关、厨房、浴室等没有铺地板只铺水泥的部分。在进行这类仪式时一般都选水泥地。

掌祈祷的事。事务所告诉我，如果提前告知，他们会安排我避开媒体吊唁，不至于让我这样。我对蜷川家各位的感激，无尽地蔓延着。借这次机会，我也想对他们表达自己真诚的谢意。

事后，去了葬礼的熟人还告诉我："现场放了小纯的《蛹化之女》哦。"听到这件事，我才终于觉得自己参加了葬礼，也有了蜷川先生确实已经去世了的实感。

直到现在，一想到蜷川先生直到生命最后的最后还在使用我的歌，我就想哭。

蜷川幸雄这团巨大的火焰，如太阳一般壮烈地燃烧着，照耀着无数演员，金光万缕。同时，因为被这团火焰灼烧，演员们也必须燃烧自己去对抗，由此获得成长。

所以，蜷川先生之所以是巨星，就是因为这如太阳般的气质。

在我看来，"戏剧导演·蜷川幸雄"的生存方式本身，其长度、其凝聚而成的浓度，就是一部充满戏剧性的剧目，就是话剧。

蜷川先生的激烈正如太阳，所以我暂时无法从失去太阳的黑暗中走出来吧。我仿佛听到他在对我说："既然身体无法再演戏，就请一定要唱歌！"我必须拼尽全力去唱！如此这般，蜷川先生给予我的火焰，哪怕在黑暗中，我也会使其继续灼热地燃烧。这也是我对他最好的供养。

与蜷川幸雄这位巨星的相遇，是我人生的幸运。感谢您！

合掌。

（原载于网络版 *ele-king*，2016 年 6 月修改增补）

远藤贤司[1]

因为与某几位的相遇,从小就憧憬成为演员,甚至加入儿童剧团的我,同时当起了歌手。在为我创造契机的众人之中,有一位是远藤贤司。

某天,大学话剧部的前辈,在社团活动的间隙不经意地放了《跳舞吧宝贝》[2]。当时我就有点喜欢,觉得这首歌的节奏很像波·迪德利(Bo Diddley),很有趣。

---

1 远藤贤司(1947—2017):日本音乐人,生于茨城县。二十岁时参与 20 世纪 60 年代末到 70 年代初的民谣浪潮,亮相乐坛,一直活跃到 21 世纪。除了音乐活动也参与过电影演出,如宫藤官九郎导演的《中学生元山》(2013)。
2 《跳舞吧宝贝》(踊ろよベイビー):远藤贤司 1974 年发行的单曲。

那之后不久,远藤贤司就发行了《东京嘿哟》(東京ワッショイ)。我被横尾忠则为唱片做的精彩设计吸引,买了一张回来,喜欢上了里面的好几首歌。在当时那个流行电子音乐(Techno Pop)的时代,《存在过》(ほんとだよ)的编曲很新鲜。接着,我又买了银色的远藤贤司精选集,没多久又入手了他的出道专辑,完全沉迷其中。现实主义风格的《存在过》、《是否满足》(満足できるかな)、《咖喱饭》(カレーライス)、《夜行火车蓝调》(夜汽車のブルース),我当然都很喜欢听。远藤先生的咖喱屋"华尔兹"里的金字塔咖喱是什么味道呢?[1]我想去尝尝。结果,第一次去的时候,我只觉得"靠这种味道也能赚到钱?",没吃完就回去了。谁知道没多久,我就开始想念金字塔咖喱的味道,又去了一趟涩谷。这次突然觉得"怎么这么好吃!",最后演变成每周去三次的程度。

"华尔兹"每个月会举行一次远藤先生的演出。

---

[1] 远藤贤司很喜欢咖喱,在涩谷道玄坂开过一家咖喱店,名为"华尔兹",后搬到了明治大道的地下,于1980年关店。

我还在那里的前排看过很多其他人的演出，有的很有趣。比如一支来自千叶县松户市的乐队，还有漫才组合"双拍子"。

之后，我开始时不时去日比谷野音看有远藤先生出场的演出。意外地，喜欢的对象从远藤先生变成了朋克乐队"8½"。虽然真的很喜欢"华尔兹"的咖喱，但因为当演员需要纤细的身材，我怕吃太多咖喱长胖。对当时什么都以当演员为优先考虑的我来说，只能哭着忍住。当时的我，十八岁。

接着就是无止境的试镜，从只有一两句台词的角色熬到了准正式演员。我第一次作为正式演员出演的剧，主演是拍子武。

我们两个人在布景背后候场的时候，拍子武一副下町[1]特有的腼腆表情，做着无实物高尔夫还有科马内奇[2]之类的动作。当时的氛围让我觉得可以说出

---

1 平民街，代表有庶民性的文化，北野武最早开始登台表演的"浅草"就是其中的代表。
2 科玛内奇（1961— ）：罗马尼亚女子体操运动员，享有"体操皇后"的美誉。

下面的话："我看过双拍子的演出哦。"拍子武一副意外的表情："什么？在哪儿？""远藤贤司先生的演出场地。""哦——远贤先生呀。"因为这个回答，我第一次知道了这个爱称。从那以后，我也称远藤先生为远贤先生了。

"武先生讲的那个段子很有意思。'这家店很偷工减料啊，我刚才在后台看到扔了一堆 Bon Curry[1] 包装。'"我说。

"哎呀，说得是挺有趣的哦（笑）。"武先生回答道，"真想快点回剧场说漫才啊。"

因为武先生表达得这么坦率，所以我也回他："比起演戏，您果然更喜欢漫才啊。"结果他又突然害羞地挠了挠头。

那之后过了几年，我出道了。在所谓的"横空出世"之后又过了几年，在地下洞穴一般的咖啡馆，以对谈的形式，我和已经有些变化的远贤先生见了面。当时，他带了三四个年轻拥趸。我这边则是和经

---

[1] 日本速食咖喱品牌。

纪人两个人。这让我觉得大人物果然不一样。我在全盛期身边也带着保镖和随从。但是远贤先生可是被年轻人喜欢，被年轻人包围着。他完全没有古旧的感觉，虽然有作为前辈的威严，但不会让人感觉到属于过去的时代。所以，他才会被年轻人喜欢吧。虽然我不需要威严，但希望能像他一样，让人感觉不到时代——我如此祈愿着未来。

在我的记忆中，和远贤先生的对谈，全程贯穿着我去过"华尔兹"的事。因为他特别震惊，一直说着"为什么""无法想象""能证明给我看吗"。记得有人拿来了素描本还是手工彩纸之类的纸，远贤先生让我把当时"华尔兹"的样子画出来，哪怕是用很粗略的插画线条。他自己也画，最后放在一起对照。我庆幸自己坦率地讲了去过"华尔兹"的事，也幸好把店内的样子记得很清楚。不止收款台的样子、桌椅的位置，我画得非常细致——这里放着一个巨大的奥特曼树脂像，那里装饰着伊福部昭的黑胶，真的非常细致。

拿起来一对照，完全一致，远贤先生开心地说："太惊人了，你真的来过啊。"看到这一幕，我觉得当时每周去吃三次金字塔咖喱真是值了。当时的我应该想不到会有这么一天吧。

我在"华尔兹"的留言簿上写过:"我会成为演员的,真的!"后来,我真的成了演员,而且还当了歌手,甚至能和远贤先生做对谈了。这真的是无法想象的事。因为太开心了,这件事我也说了出来。结果远贤先生告诉我:"留言簿我全部留着,我会去看看的。最后一页,因为没有笔,有人居然是用睫毛膏写!一下就能看出来!"

两个人笑得停不下来,度过了幸福的时光。远贤先生哪怕面对比自己小的人,也很认真地表达开心。这让我又明白了一个他受到仰慕的原因。不过,现在的摇滚乐媒体,不怎么登这么朴素的对话了吧,所以我担心内容上是否达到了对谈的要求。结果我看了之后送来的音乐杂志,上面完整地登了我和远贤先生分别画的"华尔兹"。因为"华尔兹"已经没有了,所以编辑也觉得非常珍贵。事情可谓皆大欢喜。

那之后又过了几年,我被邀请去远贤先生六十五岁生日的纪念演出。我非常开心。那场演出是《远贤的 Michi 大合唱》[1]发行之后的首次演出，远贤先生居然会惦记着我。演出在 QUATTRO[2] 举行，嘉宾是我和大槻贤二。我们两个人都分别有自己的站位。

但是不凑巧，我当时的嗓子非常糟糕，这让我很不甘心，对远贤先生也感到很抱歉。但是远贤先生说："没关系，不管用什么声音，只要用心唱出来，就一定能传达给听众。"

最后，远贤先生被我和大槻君夹在中间，三个人一起唱了《咖喱饭》和《不朽的男人》(不滅の男)。我觉得自己沐浴在荣光之下。演出前，我收到了手写信以及这两首歌的谱子。

信上写道："户川纯，小纯。感谢你愿意参加！我非常期待演出当天。唱到'老子是不朽的男人'时，你可以唱'我是不朽的女人''老娘是不朽的女人'

---

[1] 《远贤的 Michi 大合唱》(エンケンのミッチー音頭)：《Michi 大合唱》为日本女歌手青山 Michi 的名曲。远藤贤司翻唱时，在原本的歌名前直接加上了自己的昵称，既是翻唱，同时也是一种文字游戏。
[2] 在东京的涩谷、名古屋、大阪、梅田、广岛都有分场地的演出场地名。

之类你觉得容易唱出口的歌词。"然后，我把曾经不断反复听过的这首《不朽的男人》分解了。在轮到我的部分，我在第二段唱出了"难道这样我就能变成你吗 / 你是你 / 我是我"这样的词，这简直就是奇迹。我拥有了这样的体验。

演出那天，因为我有很简短的话想跟远贤先生说，所以还是跟非常忙碌的他说："我知道会让您为难，但您能来我的休息室一下吗？"

我曾经被妹妹带着去过一个前辈音乐人的演出。一到演出场地，我就看到那位前辈像激进的时政评论员一样，见前面的观众已经热情高涨，就一定要让后面的观众也兴奋起来。于是在演出中脱了衣服，脱到像雷神一样只留一条虎纹内裤，然后跳进观众席，开心地跑到了站在后面的我面前。我心想，还真是风格完全不同的演出啊。接着，前面演奏的乐队，就直接问我既然就在下面要不要跳上来唱一首，想把我从观众席叫上去。其实站上舞台倒没有什么，但当时我穿得很日常所以很不好意思，就说了句"穿得这么朴素真是对不起"之后才华丽地唱了歌。

后来,庆功宴的时候,和那位前辈同辈的、同时也是我这个世代的很多人仰慕的一位音乐人,突然跑到我身边,对我说:"我说你啊,互动得不行啊!怎么能那么说话呢?不说点让观众更兴奋的话怎么行?"对方完全一副了不起的评论家的样子,我生气地大声回嘴:"烦死了!你是笨蛋吗?!要是听了你的话,我不就变成你这样了吗?!"然后掉头就准备回去。整个场子就像被泼了水一样一片死寂。身后传来细微的声音:"不是,我,那个,这……"两个认识的女生追上了已经走到外面的我,说着"××没有恶意的,也是为了小纯好才说的"之类的话。

我知道自己让他丢脸了,心里也觉得自己不对。和其他人不一样,借由朋克滑进摇滚世界的我,不说把之前的音乐都否定了吧,但不做到与之相当的程度,我就没兴趣。说出"你不行啊"这种话的音乐人的意见,我可没有精力去听。

我把这些话告诉了远贤先生以后,他笑着说:"那家伙是会说这种话,确实是。"我已经不把这件事看得很严重,而是视为"不知怎的,稀里糊涂就说出来了(笑)"的杂谈。"那之后，每次见面，哪怕我开朗地说'××先生，好久不见'，对方都只是轻描淡写地'嗯'一声。"听我这样说，远贤先生回道："一看就是个记仇的人啊。"接着又说，"这不是刚好嘛，今天小纯给我唱歌了，而且就在这里。"对啊，所以我才想让远贤先生听到我这番话。他深深地影响了我，甚至包括在生存方式上。彩排的时候，我深切地认定了这一点。我觉得远贤先生就是"性手枪"（Sex Pistols）唯一尊重的"谁人"乐队（The Who）一般的存在。

后来，远贤先生通过事务所寄来了新歌《拿出干劲！远贤！》(ちゃんとやれ！えんけん！)。但是我被工作追着跑，表达感想和回礼的信一直拖延着没有寄出。等我回过神来，和远贤先生的联系就这样断了。

然后就是今年，我收到了远贤先生去世的消息。
明明刚出过新歌还没过多久，怎么会这样。我大受打击。我从艺三十五周年的纪念专辑发行时，还和远贤先生在"淘儿唱片"（Tower Records）的销售排行榜上竞争来着。当时我很想听听远贤先生的新歌，觉得他依然精力充沛。这明明都是不久前的事。

这次没有寄新歌给我，就是我失礼地没有回复《拿出干劲！远贤！》感想的代价吧。我一定让远贤先生不愉快了。对于这件事，我真的后悔到无以复加。读到这篇文章的各位，我想大声说出口的只有一件事——不知道什么时候人就会生病、遭遇事故，进而死去，如果你身边有喜欢的人，那个人向你展示了好意，请一定要及时回应，不要留下遗憾。不要像我这样。

远贤先生去世以后，我立刻重听了他的音乐。这也让我重新认识了自己的歌。我自己一直觉得，从单人出道开始一直唱到今天、堪称我"人生之歌"的曲子《蛹化之女》，是受到萩原朔太郎的影响（比如《吠月》）。但其实，它的歌词难道不是受到《存在过》的浓重影响才写出来的吗？——描绘着静之又静的夜晚，在其中安静又深刻地思念着对方。

我第一次听这首歌是十八岁，但十八岁其实已经相当成熟了。虽然因人而异，但就算十八岁时还是个小孩，那也一定处在多愁善感的时期，处在饥渴地吸收着一切的人生阶段。

能在年轻的时候听到远贤先生的音乐，太好了。

直到今天，在我最深的根底，也一定有远贤先生在呼吸着。在其他很多人心中也是如此吧。至少在我心中，直到我毁灭，他都会不朽。

合掌。

（原载于 *Eureka* 临时增刊《总特辑——远藤贤司》，青土社，2017 年修改增补）

三　解说

Phew[1]（Aunt Sally）
——《Aunt Sally》唱片解说

1979年，因为狂热的音乐杂志 Rock Magazine 主编阿木让[2]的英明决断，专辑 *Aunt Sally*[3] 限量发行了四百张。（虽然没有报酬，但成本很低的唱片制作费用由 Rock Magezine 支付。）这个数字哪怕与当下独立音乐圈的常规发行量相比都相去甚远，自然很难购

---

1 见第三页注释。
2 阿木让（1947—2018）：日本歌手、音乐评论家、编辑。对20世纪70年代的关西地下摇滚生态产生重要影响的人物。他创立了日本最早的独立唱片厂牌"虚荣唱片"（Vanity Records），发行了关西乐队"DADA""Aunt Sally""EP-4"的专辑。他也为一些歌手担当制作人，如 Agata 森鱼（あがた森魚）的《公交图鉴》(乗物図鑑)。
3 一般翻译为"萨利姑妈"。原本是19世纪在英国露天集市流行起来的一款游戏：在场地中间放置一个被称为"萨利姑妈"的老妇人头像，其口中的烟斗为标的，参加游戏的人站在一定距离外，拿棍子掷向长长的烟斗，谁将其击落，谁就是赢家。后来，"萨利姑妈"延伸出了"众矢之的"的意思。

入。但在之后的1984年，这张稀有的专辑突然堂堂正正地摆上了（主要陈列主流黑胶及CD的）各地唱片店。事情一目了然，它被重新发行了。

Agata森鱼撰写的唱片介绍中提到过这件事：对于Phew来说（恐怕其他成员也一样），这完全是违背其本意的，Phew对此很生气，她的愤怒也完全可以理解。

直到几年前，Phew还说过这样的话："这张唱片，哪怕跑遍日本全国，我都想全买回来。"从中可以充分感受到她的怒气。

这次，又过了二十多年，直到Undo Records将之复刻为CD，前一年（1978）现场演出的音源才得以发行。（此前从未发行过，并不是重新发行，可见其珍贵。）于是，我想起了那次 *Aunt Sally* 违背Phew本意被重新发行的事。

面对我的担心，对方带着笑意用明快的声音回答："哎呀，反正已经是过去的事了。"我松了一口气。并且她口中所谓"过去的事"，并不会让人觉得包含之前话语里的那种"想否定早期作品"的微妙意思。

组合Big Picture及朋克乐队MOST的演出、这些团队发行的CD、汇总她从Aunt Sally到MOST期间所有活动的影像作品——从Phew当下精力充沛的活动就可以感觉到，"现在"的Phew绝不会被"过去时"定义，她有这样的自信或者说信念。（她被很多年轻人喜欢就是证明。）

那句"过去的事"由这种强大做支撑。也意味着，这是为了回应当下粉丝的需求——这在过去的Phew来说，是无法想象的态度——他们想了解当时那个Phew。通过知晓Phew的根源，可以让如今不了解Aunt Sally的支持者们对她的理解更加深入。或许是出于这种意图，也或许根本没有什么特别的深意。（话说回来，这恰恰才最接近从Aunt Sally时代一路走来的Phew所拥有的各种深刻形象。）

总之，这次的发行计划属于Phew最近积极活动的一环，绝对没有违背她的本意。所以，希望各位——不论是像我这样的早期粉丝，还是从Aunt Sally活动时期，或者从乐队解散后的Phew个人时代（也包含她与海外艺术家的大量合作），又或者是从她如神仙一般顿悟后、作品被看作达到了"禅"之境界的中期开始喜欢上Phew的朋友，以及从她就差说出"我怎么可能做这种方向!!"一般,把朋克·电子·新浪潮的攻击性再次发挥出来的 Big Picture、MOST 时期开始成为粉丝的年轻朋友——通过了解上文所写的、本次发行之前的轨迹,与 Phew 以及支持着她的人们一起愉快地享受 *Aunt Sally* 的 CD 化。

前言就写了这么多,真是抱歉。

虽然我只拥有从观众席出发的有限视角,但在谈及 Aunt Sally 的音乐性之前,我想先描绘当时的他们对周围的音乐场景带来的影响。

那时,我还只是个听众,Aunt Sally,也就是 Phew,是明星(当然现在也是)。Phew 站在谁都无法企及的高度,是灿烂、华丽的星星。(虽然这并非她的本意。)仿佛在证明这一点一般,在一段时期内,朋克系的女主唱们都陆续"Phew 化"了。(女性音乐人的数量本来就少,当然也不可能有人能完全变成 Phew。)拥有各自原创性的她们,原本应该与朋克系那种嘶吼型的男主唱不同,但她们从某一时间点开始放弃了,失去动力了……这话说出来或许显得陈腐,但当时的音乐事态真的一瞬间就变成了大家都在讨论:"听了 *Aunt Sally*！看了 Phew 的写真！"这就像当年看完东映的黑道片，观众走出电影院的时候想变成高仓健。

只不过，与之不同的是，想变成 Aunt Sally 以及 Phew 的不是观众，而是她的同行。证据之一就是居然还出现了身处中世纪一般的"男版"Phew。解除禁令后的白色短袖衬衫配灰色简约细长裤，脚上不是帆船鞋而是白色帆布鞋——这是标准的 Phew 个人活动时期的造型。以排除时尚的姿态成就某种时尚性——能够拥有这种说服力的时髦音乐人，我觉得只有 Phew 和帕蒂·史密斯（Patti Smith）。

Aunt Sally 时期以贝雷帽为代表的造型，在观众中也能看到很多。但 Phew 是因为"自己上的私立大学是非常有名的大小姐学校，着装规定严格"（其实我只被邀请去看过她的演出两次，接下来是我自己的想象）——"所以上完课就直接穿着制服去了新宿和涩谷的演出场地，站在舞台上唱了歌"（虽然我自己感觉那是她的私服）。

（学校学生手册上写着：必须严格保持妹妹头，也就是短发，长发则必须编麻花辫，禁止烫发；白色袜子必须三折或穿黑色裤袜；围巾只能围黑色的；上下学时都必须佩戴学校指定的贝雷帽。）

当时恐怕再没有像她这般真实的人了。观众只能依靠服装的相似，去获得"我和她是同一所学校的同学"这种心情，但这就够了。——这件事为什么重要呢？

我并不反对"朋克是一种'主张'"的说法，但谈论性手枪和 Aunt Sally 这样的朋克乐队时，无论如何都无法将朋克与时尚分割来看。朋克之前的摇滚乐也是一样，性手枪就不仅只有音乐性（？）。为了"否定朋克之前的摇滚"，他们的时尚完全否定了摇滚的。难道不正是因为这样，才有了朋克吗？

而 Phew 的贝雷帽比性手枪的时尚更能见出反叛的姿态。虽然这只是我的个人观点，但对我来说，朋克确实只有性手枪、Aunt Sally 以及 "8½"。

我想强调一点，最初的朋克与之前的摇滚乐最大的区别，就在于它几乎完全没有所谓的共同体意识。朋克音乐人面对堪称对手的乐队时自然不在话下，就连乐队成员之间、乐队和观众之间也能打起来，甚至观众和观众也会。我有时会疑惑"这到底是音乐还是什么",所以也不会去反对"朋克是一种'主张'"。

对于 Aunt Sally 的音乐性、风格（包括样式），我有一个最强烈的印象。那就是他们与当时热衷混乱打架场面的薇薇安[1]系性手枪时尚的乐队拥有不同的时尚样式。他们拥有"不主张,无干劲"（非要说的话，这本身也是一种主张）这种反叛范式。那是一种将观众推开的冷漠态度——近乎哀伤的冷漠，可观众偏偏沉迷于 Aunt Sally 的冷漠。

将话题拉回来，得了"Phew 病"的女性音乐人大概只是单纯觉得"Phew 帅气到无以复加，自己也想成为那样的人"。她们只是在无意识中觉得比起自己的原创性，Phew 式的东西更有型吧。所以与观众那样仅仅是看、仅仅是听的立场不同，她们很容易拥有强烈又不彻底的愿望——也想成为 Phew 那样的表演者，结果，就在自己的演出中像 Phew 那样唱歌。

---

1 此处指俗称"西太后"的薇薇安·威斯特伍德（Vivienne Westwood, 1941— ），也是朋克时尚的创造者。1971 年她开始为性手枪的经纪人马克西姆的商店设计时装，并为性手枪设计舞台服装。1972 年她和马克西姆合资开办"Let it Rock"酒吧，开始销售唱片、衣物，制造了朋克浪潮。

（特别是这次的 CD *Aunt Sally* 中，可以听到现场录音。但我并非在那之后才听过 Phew 在朋克现场的声音。去过 Aunt Sally 演出现场的人很少，是别人翻录了借给我听过，可见 *Aunt Sally* 的影响之大。）

对这些音乐人，唯一一件至今仍然让我觉得不可思议的事，就是不知道为什么"Phew 化"的人之中，除了刚才提到的那名男性（少年？）以外，并没有在时尚方面与 Phew 相像的人，或者说相似也仅限于戴贝雷帽。

悄悄想要拥有"与 Phew 是同班同学"这种程度的共同体意识的粉丝们，很清楚超越粉丝的身份去接近 Phew 还有 Aunt Sally 的世界是完全不可能的事。（与此同时，他们还认为"产生共鸣"也只是自己一厢情愿的想法，甚至觉得 Phew 在内的 Aunt Sally 根本就不允许这种"共鸣"——说到底，这也是一种一厢情愿的感觉。）

自己仅仅只能以憧憬的眼神眺望着站在高处的 Phew 和 Aunt Sally——抱着这种自觉的我们这类"观众"，会对那些"Phew 化"愿望强烈的人非常刻薄。因为从一开始就明白不可能"变身 Phew"的人，也拥有了敏锐的客观性。"客观性"就意味着首先必须是"观众"啊！所以，粉丝最能明白"想变成高仓健的人"与高仓健之间的差别。作为"观看的一方"，我们最能感受到"啊，这个人，喜欢 Phew"。这原本是音乐人不该给予观众的净化[1]和娱乐吧，让只是一介观众的我们，去消解那愚蠢又无聊的窘境。

更重要的是，听 Aunt Sally 音乐的人都应该知道：直到乐队解散、Phew 单人活动开始，Phew 都是作为 Aunt Sally 这支乐队的主唱活动的。——这却是那些"Phew 化"的主唱最容易忘记的事。

作为明星，不仅能将影响力推及同行，同时得到观众的强烈憧憬，这样的 Phew 和 Aunt Sally 非常厉害。这种影响现在依然存在于包括我在内的众人心中，恐怕还会永远存在下去。

当时，Aunt Sally 在音乐场景中的存在方式并不仅仅取决于形象，更重要的是，在当时那个重视概念

---

[1] katharsis，亚里士多德在《诗学》中提出的词，用来定义悲剧对观众的作用之一。

和视觉(甚至有不怎么"演奏"的乐队存在)的时代,他们是一支单纯地演奏着音乐的乐队。可以说,他们的存在恰逢其时。

我想特别写一写这一点。他们只是想演奏音乐,而且确实也是那样做的。突然触及 Aunt Sally 的音乐性真的是很鲁莽的选择,不过,谈及 Aunt Sally 这件事本身就很鲁莽。

首先,Aunt Sally 音乐性的一个特点是,旋律基本上都很悦耳。演奏是乐队的魅力之一,哪怕是"自暴自弃氛围"浓重的曲子,在创作的时候也会像只填词的翻唱曲目一样,让人觉得旋律优美、节拍干净。下面要举的例子是我的私事,所以有些诚惶诚恐。

那是在某天夜里,我边散步边哼唱着专辑一开始收录的那首应该被视为 Aunt Sally 主题曲的"Aunt Sally",突然我停了下来,"嗯?",我觉得哪里不对,稍微思考了一下,意识到:"这是《马塞利诺之歌》[1]!"

---

[1] 1955年的西班牙电影《稚情》的主题曲,电影中的主人公名叫马塞利诺。

翻唱如此具有特点的曲子，却能完美地将其消化得具有原创性，不论演奏还是日语歌词（并不是直接翻译）都让我再次震惊。与此同时，我哼唱的是Aunt Sally的改编版本，只是原曲的旋律无意识地闪现，我才意识到这是翻唱曲。而且，因为发现了原曲是如此优美又注重旋律性的曲子，促使我明白了Aunt Sally的混浊声音下，其实都是并不前卫甚至极为亲切的旋律曲。

回到家后，我落下唱针，将整张专辑每一首歌的这一属性都确认了一遍。哪怕"Aunt Sally"这样富有浓厚即兴色彩的歌，从前奏中丸山的鼓声部分也可以判断，乐队编曲的时候绝不是想贯彻前卫风格，更没有要贯彻即兴风格。现场版本中，Bikke（吉他手）一直就某一段乐句进行着连复演奏也是乐队的一种象征性风格，他们极力保持着流行性。接下来的第二首歌《镜子》（かがみ）难道不是既拥有浓重的流行性，又掺杂着新鲜感，却丝毫没有生出违和感吗？

然后，虽然有点突然，但我想说，Phew很会唱歌。除了故意用自暴自弃的风格表现的曲子之外，她的节奏、旋律、律动等都很准确。只不过，因为这种不使用过度技巧的唱功与故意自暴自弃的风格之间并没有绝对的界限，所以从好的意义上来说，会让很多人误会。差不多像是："唱得好吗？可能是吧。虽然没有使用什么奇怪的技巧，但是她的唱腔不是很好嘛。简·伯金[1]就是这种感觉。"

不仅是主唱，Aunt Sally 的其他成员也适用于这种说法。乐队的整体性使他们完成度很高。我感觉到，上文提及的在"就连成员之间都拒绝形成共同体意识"的前提下创造的声音也可以合为一体。各种各样的声音既有配合完美的点，也有无法融合的点，作为乐队虽然在音乐上的方向一致，但无论如何，根据乐曲不同也有可能第一眼看起来不够融洽。尤其是会让人感觉不到"擅长演奏"。Aunt Sally 给我留下的深刻印象是"并没有要展示擅长"，或者说"对自己来说擅长或不擅长根本不是问题，所以不会在意自己是不是显得很擅长演奏"。Aunt Sally 这支乐队不和谐的声

---

[1] 简·伯金（Jane Birkin，1946— ）：英国女歌手、演员、导演。

音中带着一体性。这种矛盾的感觉，在结构上给人一种天然、没有技巧的错觉。

很多音乐人都没有注意到，Phew"独特的音质"与"完美掌握旋律和节奏的主唱"这两种气质，都是在 Aunt Sally 中才得以成立。那个时代不是大量涌出了"与 Phew 同化的主唱"吗？但她们并没有 Phew 那种"自暴自弃地唱歌"的感觉，只让人觉得："虽然我五音不全，但'没有干劲儿'就是 Phew！"

Aunt Sally、Phew 实际上是具有多面性的乐队、主唱。他们是根据乐曲，将之好好演奏出来的人。虽然这一点不常被讨论，但其实是非常好的特质。比如那些对主唱抱有同化愿望的人与本人之间总让人觉得"哪里不同"，就是这种演奏效果在听众那里产生的回响。

一般来说，当人们觉得什么东西"很好"，或者觉得什么东西"很喜欢"，并不会清晰地分析出原因。（这些都是出于我自己的理解，不一定有什么意义。）不管是附和着 Phew 韵脚的歌词，还是注重节奏感的声音，将这种种都包含在内的 Aunt Sally，只是很纯粹的音乐。比起将他们的存在变成传说,应该像现在这样 CD 化,直到他们被正确认识为止一直不断地重复:Aunt Sally 是音乐!

这张 CD,我先提一下歌词,它们并不是一概不传达具体的意义。虽然很虚无,但通过整张专辑,所有的歌词和曲调传达了一种"厌世观"。同时,与这种"厌世观"相对,还有一种焦虑感——像在叫嚷着"即便如此,我也与顿悟的和尚不同",只不过是肉体凡胎的人类。Aunt Sally 让我——或者说逼迫我诚实面对这一本来因为麻烦所以本能地想否定的、人类与生俱来抱有的矛盾,让我不能不喜欢他们。

从表面来看,他们的音乐很干燥,含有大量空气的乐音也很少,声压都很薄。(就像歌词中引用的波德莱尔的诗那样。)

听完那张专辑后,每当我想起 Aunt Sally 这支乐队,脑中残留的都是一些画面,或者说氛围——

学校的午休时刻,太阳正要开始从顶点下落。轮到我值日打扫的日子，教室中总是流淌着《多娜多娜》[1]和《爷爷的古老大钟》[2]这种不知为何让人觉得"洋和互渗"——不，应该说是与西洋趣味中的和式风格共通的、带有黑暗旋律的曲子，让人预感接下来的人生将极其无聊地持续下去。与此并行的是广阔的校园，让人体味到"区区一把扫帚能做出什么？"的无力感。幼小的自己面对"打扫校园"这一可怜、可笑的行为，是多么地束手无策啊。厌世的感觉就这样萌生了。（我想谁都有过这样宛如"成人式"一般的时刻吧。）

与之相反，雨水从侧面击打着教室窗户的台风天里，明明毫无缘由，我却血脉偾张，涌出一股无意义的勇气。

关西某间有名的私立大学附属小学的音乐教室里，有一台附近的名士赠送的脚踏风琴，经年不用，覆满尘埃，感觉像是想扔也不能扔。（可以的话，我

---

[1] 《多娜多娜》（Dana Dana）：1941年发行的一首犹太歌曲，描述一头牛被宰杀的情景。第二次世界大战期间发生犹太人大屠杀后，歌词中的"牛"也让人联想到大屠杀的受害者，具有了反战的意味。
[2] 《爷爷的古老大钟》（My Grandfather's Clock）：1876年发行的一首著名的美国歌曲，描写酒店中的一座大钟与老人寿命间的关系。

希望它少三个白键、两个黑键。）有个小孩正在悄悄地弹奏它。

音乐课上，班级的同学按照教科书唱起了《洛勒莱》[1]。如今回想起来（如果不听 Aunt Sally 的歌，我可能至今也意识不到），有几个人与其他人不同，他们唱起这首歌时，一定知晓那充满诅咒与不祥的歌词含意。为什么知道？一名少女回答："因为那是我的故事。"这位从德意志轮回而来的日本少女，知道这是自己前世的歌。

（Aunt Sally 给人感觉像是会讨厌神秘主义的故事，但 Phew 在很早以前的采访中说过："一加一未必等于二！"我记得自己当时很困惑，但想了想又觉得，她这种思辨性才反而没有背叛我对她的印象，从而感受到了愉悦。）

那时，那首歌里虽然没有唱到，但我却幻想了如下的景色（马上就要结束了，请让我写下去！）：美丽的洛丽塔、洛勒莱，长着分为男女前的中性面

---

[1] 《洛勒莱》(Die Lorelei)：1937 年作曲家希尔舍为海涅有关洛勒莱（德国传说中的女妖）题材的诗作曲的歌曲。*Aunt Sally* 最初版本的最后一首歌即为《洛勒莱》。

容。她并非独自一人，而是和贝斯手中冈善雄、鼓手丸山孝、吉他手 Bikke（现属于"Love Joy"）、风琴手 Mayu 一起（偶尔用更加稚嫩的少女之声呼唤着她来世的名字），奏起了那首旋律。

这次 *Aunt Sally* CD 化，让我们能在当下听到那样的音乐，如歌词唱道那般，诱捕幸福的含义。那么，今晚，一起无畏地乘上过去的船，听众们，一起沉入绝望的海水吧。

（原载于 *Aunt Sally* 专辑内页，2002 年增补修改）

冈本太郎[1]
——诞辰一百周年纪念

我和冈本太郎对谈过。那应该是在我单人出道的时候,我在个人资料中支离破碎地写下很多自己喜欢的东西用作宣传。其中也有冈本太郎的名字,所以才有人张罗了对谈吧。如果有人问我"户川纯小姐的偶像是?",我会迅速回答:"冈本太郎!"

在对谈的话题之前,请允许我先写一写第一次知道冈本太郎的那天,我为什么会被吸引吧。

那是"万博"[2]以前的事,我还是个小学生。电视上播着一则广告,为日本酒配上"脸的玻璃杯"。冈

---

[1] 见第一百二十一页注释。
[2] 指1970年大阪世博会,译稿中沿用"万博"这一说法,因其已经成为日本战后文化研究中极为常见的词。

本太郎用过分热情的语调和表情说:"玻璃杯的底部有脸不是很好嘛!"确实,如果用这个玻璃杯喝酒,就算不愿意,冈本太郎画的那张脸也会进入视线。但比起这个,这则广告显得好像有人说过"玻璃杯的底部出现脸绝对不行!"一样。它里面也有"艺术就是爆炸"这句名言,我被这部作品中过于张扬的个性击中。

至于万博那座大到离谱的纪念碑(太阳之塔),则是小学时代去过两次万博留下的最深印象,我被那种压倒性的无意义震撼了。万博的主题是"人类的进步与和谐",但光看那座纪念碑的外观,只会觉得"开什么玩笑"。可能是我不懂欣赏艺术吧。但其实,冈本太郎自己也说过那只是个恶作剧,是在表达"人类既没有进步也没有和谐"。看来不只艺术是爆炸,他的恶作剧也是爆炸级别的规模。

我在南青山住过,和冈本太郎的宅邸在同一条街。当时我从外墙偷看过那里面的庭园,这算是不法行为吧,但那个外墙很矮,简直像在说"看看也没关系"。房子应该是二层建筑,我记不清了。之所以如此,是因为庭园给人的印象太过强烈。房子在对面一侧,像个看不到的舞台,庭园则像是包围舞台的内场席。

不，或者说这个内场席才是舞台，在并不宽敞的拥挤庭园，放置着几个冈本太郎的标志性装置作品。因为放在室外，所以外皮颜色稍微剥落了。即便如此，它们依然绚丽夺目，造型也异常刺激，给我留下了"胡闹"的印象。我被这个作品群强烈地吸引了。

后来，在接到对谈邀请的时候，我想："太好了！我可以堂堂正正地观看那座庭园了！我可以见到冈本太郎了！我可以问那组建筑作品的事了！可以近距离接触冈本太郎的个性了！可以聊他成为现在这个他之前的历史了！"我期待不已，一是因为可以亲自解开冈本太郎和那组作品之间的谜题，二是我还想告诉对方作为粉丝见到偶像的喜悦。

那一天，终于来了。一位女管家模样的人亲切地把我、周刊的编辑兼撰稿人以及摄影师三个人迎进了冈本太郎宅邸。冈本太郎用一种不知该称作温和还是兴奋的状态迎接了我们。那个瞬间，作为粉丝的我紧张得"凝固"了。我们被带到了接待室，奉上了茶。从这里可以很开阔地眺望到那片庭园，我居然真的置身于此！并且为了配合摄影师的构图，冈本太郎就坐在我旁边!

等我们一一自我介绍完,周围人都以一种"该以什么问题开始"的表情等待着我的发言。于是我用细小的声音诚实地说了一句"我太紧张了,不知道该问些什么……"。冈本太郎放在沙发扶手上的手指咚咚地敲击着,脸色渐渐涨红,生气地说:"不知道问什么,那我很为难啊!!"我完全呆住了。结果我毫无章法地问了一些关于蒙马特[1]的乱七八糟的问题,使对方的心情越发糟糕了。我的状态一直持续紧绷,对此很是担心的编辑出面说"差不多也问了您很多了……"想要结束对谈(?)。但这时,冈本太郎好像对我有些于心不忍,经验丰富的他渐渐冷静了下来。他说着"最近啊,我到了这个岁数,居然开始滑雪了。我自己觉得还滑得不错呢",拿出照片给我看;又拿出极具冈本太郎趣味的铜锣装置,一边说着"这个真的能敲响哦"一边咚咚地敲击给我们看;最后把我们送到玄关时还说"如果有忘记问的问题,之后也可以再问,

---

[1] 蒙马特区在巴黎是代表文化艺术的城区。冈本太郎于20世纪30年代在这里学习、生活过一段时间,受到了当时法国超现实主义思潮的影响。

什么都行"。

这就是我因为太过紧张以至什么都没能说出口的与冈本太郎的对谈(？)。我本来想多问问作品的事,还有他和母亲加乃子、父亲一平[1]的快乐回忆如何影响了他。在回去的路上,我对担心地看着我的编辑和摄影师说:"真是和想象中完全一样的人啊!!"他们都松了一口气。我体验了冈本太郎"爆炸＝艺术"的世界。就让我写上最后一句话,以此结尾吧——就像铜锣的声音摇动大地一般,冈本太郎释放着惊人的能量!!

(原载于 *Dommune Office Guide Book 1st*,
幻冬舍,2011年)

---

1 冈本太郎的母亲是小说家冈本加乃子,代表作有《老妓抄》《金鱼缭乱》等;父亲是知名漫画家冈本一平。手塚治虫曾说幼年时读过冈一平的《一平全集》并深受影响。

杉浦茂[1]

——《多龙奇小丸子》解说

在拥有猎奇、异常这种阴暗兴趣的人群中,杉浦漫画的人气很高。

提到猎奇的兴趣,往往散发着幽暗深邃的背街里巷的味道。而像 SM 趣味之类,又因为常常被否定,所以更有一种修行求道的氛围。与这些相比,杉浦漫画中的角色(怎么说也是儿童漫画)只是在不自觉中散发着异端和 B 级的气质。这种做法着实聪明,而且有趣。使用着奇怪忍术的角色,是多么天真啊,并且一副对此毫无自觉的表情。杉浦漫画最吸引我的也

---

[1] 杉浦茂(1908—2000):日本漫画家。以奇妙古怪的幽默漫画著称,被誉为"漫画鬼才",直到八十八岁为止一直在从事漫画创作,代表作有《0 人间》《一心太助》《猿飞佐助》等。赤塚不二夫、手塚治虫、宫崎骏、横尾忠则、细野晴臣等众多艺术家都受其影响。

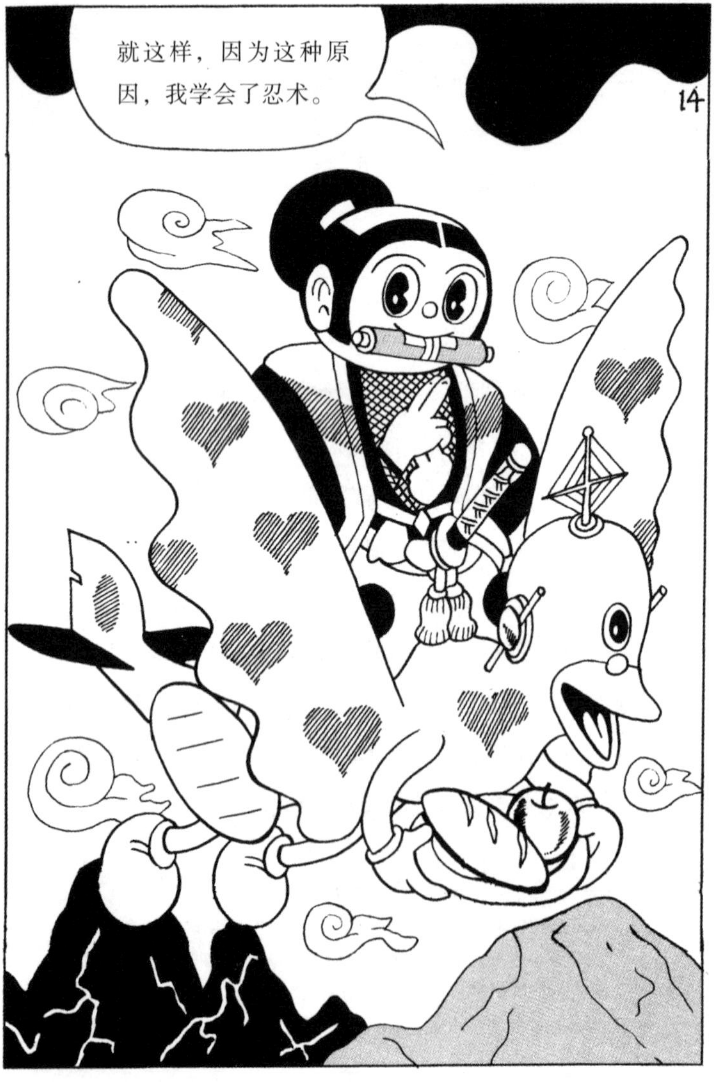
就这样，因为这种原因，我学会了忍术。
14

是这一点。

过去，新宿西大久保中央医院的右侧，紧挨着一家租书店。从最新的杂志到很早以前的剧画[1]，再到杂志附赠的小册子，各种各样的漫画书堆满店内各处，就只空出了天花板。在几乎无处下脚的地板上，我发现了杉浦茂的书，借了回去。

和喜欢分门别类看事物的大人相比，小孩还没有那么习惯分类。即便如此，对于是"有点古怪"还是"靠近儿童漫画的王道标准"，不论怎样我都能有个判断。（乔治秋山的《守财奴》也挺怪的。）但杉浦漫画，完全不知该如何评判。他让人觉得"放在哪一边都很合理"。这让我有些不安。当我们与无法归类为已知标准的事物相遇时，心里就会变得不安。（不过这种不安令人愉快。）

还是小孩子的我，能从夜晚的梦和杉浦漫画中

---

[1] 1957年漫画家辰巳嘉裕在漫画短篇集《街12号》扉页上首次使用"剧画"这一名称，此后便作为一种新的漫画类型固定下来。辰巳嘉裕是这一漫画领域的灵魂人物，将漫画从单纯的儿童读物上升到了批判社会现实的文艺作品层次。但很快地，因其"沉重""苦闷"的风格被年轻人敬而远之，剧画潮流在20世纪70年代便迎来终结。

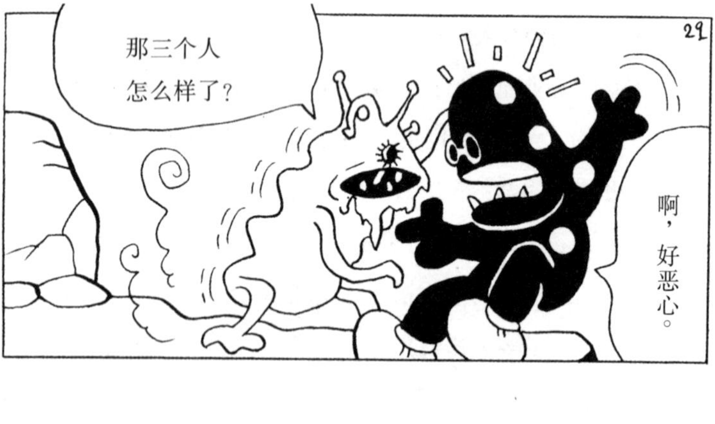
29
那三个人
怎么样了？
啊，好恶心。

感受到突然头晕目眩时无法抓住"把手"的不安感。所谓"把手",就是常识一般的安心感。

这种让人"无法安心"的感觉也是杉浦漫画的魅力要素。比如故事的结束方式。前一页还有华丽的场景紧张地铺展,翻到下一页或许就不管不顾地突然结束了。什么时候,这个奇妙古怪的角色会再次使用忍术变身,也完全没有头绪。(这些奇妙古怪的人会好几个合成一体,变出比之前还奇异古怪三倍的怪异生物。)然而,另一个怪异程度不输前者的角色,看到这一幕居然也会喊出"啊,好恶心"这种话。

在杉浦漫画中登场的人物,都很跳脱常规。所以不论遇到什么、发生多么超常的现象,好像都不应该觉得奇怪。但因为作品中的人会认真地表达惊讶,所以我也会跟着惊讶。故事中的角色虽然说着"啊,好恶心""好讨厌",但明明自己就是个相当恶心的角色。这种不自知,会让读者呆住。

在《多龙奇小丸子》的开头,主人公只要不用忍术变身,那跟其他角色相比一点都不奇怪,要说普通,确实是顶着一张普通儿童漫画中会出现的脸。但正因如此,反倒更加呈现出一种对事物的奇怪走向完全没有觉察的样子，不愧是主角啊。

还有一个元素被视作杉浦漫画的重要特征，那就是对（便宜的平民）美食的感觉。而我出生在经济高度成长期的1961年，与可乐饼五元一个的时代里孩子珍惜食物的感觉是错位的。上一辈人会说我们的味觉太浅薄。这确实没有办法。但是粗点心[1]，现在的小孩还是知道的。（有一种说法认为，杉浦漫画也是一种"粗点心"。）粗点心没有什么食品卫生的保证，没有那种可供抓住的"把手"，很粗野。吃东西本身就是一种游戏，这就是梦之世界的主食……

这本选集虽然是珍藏版，但没有做函套（可就算这样，也会去书店抢购吧），而是可以轻松入手的价格，这一点让我很开心。

粗点心嘛，就是应该这样。

（原载于《杉浦茂不可思议的世界2 多龙奇小丸子》，
Pep出版，1987年）

---

[1] 日文写作"駄菓子"。以价格便宜的杂粮为原料，加麦芽糖或红糖等做成的一种平民食物。

后 记

刚开始在 *ele-king* 连载时，我就对要写的人设定了很细致的标准：做音乐、搞朋克、和我见过面、发生过小插曲、直接或间接地让我开怀大笑过、我喜欢的人；从积极的层面摧毁过我的价值观，或者让我再次确认自己原有价值观的人，而且至今依然活跃着。

但这种标准随着连载的进行，渐渐溃散了。我本来想写 Phew 的故事。但 Phew 想尽可能还是让大家只听音乐就好。因为不想破坏她的神秘性，所以我放弃了。但还是想选一位女性，认识的人里只想写已故的洛丽塔顺子，于是就开始写她。这时，遭遇了蜷川幸雄先生的去世，我大受打击，慌乱地请求暂时停下洛丽塔顺子的连载。因为我想在 *ele-king* 的网络版写蜷川先生的追悼文。前篇交过去后，编辑部面有难色地说："扔烟灰缸发火这种事……"我说不是的，这个插曲是想传达蜷川先生的为人恰恰相反，又再一次拜托对方让我写。于是我就在蜷川先生刚刚亡故的混乱中续写了后篇。后篇变得很长，但里面都是我无法割舍的、关于蜷川先生的小插曲。我以它们为中心完成了追悼文。之后重新开启洛丽塔顺子的连载，结果又收到远藤贤司先生去世的噩耗。我接受委托写了远藤先生的追悼文。等我再次回到洛丽塔顺子的世界时，等于一直在叠加描写亡故的朋友，自己也陷入了黑暗的情绪。那段时间我写的东西都很飘忽，但已尽我所能写下了全部。

明明应该是轻松的娱乐连载，就这样自然地偏离了。

细想之下，长时间做朋克、至今仍然活跃的人，意外地很多。没有放弃的众人，简直是一边跨越累累白骨一边努力。

顺便一提，开始这个连载时，正是 *Dommune* 因为发行单行本纪念冈本太郎诞辰一百周年向我约稿的时候。回头来看，我是一边希望自己每期都能写出那样的文章，一边写下了别人不会写的东西。

至于 Aunt Sally 的唱片解说和杉浦茂《多龙奇小丸子》的解说已经溢出了"邂逅"（people&me）的范畴。这两篇没有收录在我其他的作品里，感谢编辑让我收录于此。

最后，非常感谢三田先生、水越先生、野田主编、设计师铃木先生。上次出版全部由我自己写成的随笔集，已经是几十年前的事了。

现在，我想暂时沉溺在自己复杂的感性里，沉溺在这本书里面写到的人们与我的邂逅之中。

2018 年 11 月吉日

献给为我走上音乐之路创造了契机、给予我最重要的朋克音乐的影响却没能被我写进这本书的盟友——久保田慎吾。

图书在版编目（CIP）数据

邂逅：户川纯随笔集 /（日）户川纯著；余梦娇译. -- 北京：北京联合出版公司，2022.8
ISBN 978-7-5596-6194-4

Ⅰ.①邂… Ⅱ.①户…②余… Ⅲ.①随笔—作品集—日本—现代 Ⅳ.① I313.65

中国版本图书馆 CIP 数据核字 (2022) 第 071783 号

北京市版权局著作权合同登记号：01-2022-2480

邂逅：户川纯随笔集

作　　者：[日] 户川纯
译　　者：余梦娇
出 品 人：赵红仕
策划机构：明　室
策 划 人：陈希颖　赵　磊
特约编辑：陈希颖　廖　婧
责任编辑：李艳芬
装帧设计：山川制本 workshop

北京联合出版公司出版
(北京市西城区德外大街 83 号楼 9 层　100088)
北京联合天畅文化传播公司发行
北京市十月印刷有限公司印刷　新华书店经销
字数 96 千字　787 毫米 ×1092 毫米　1/32　6.5 印张
2022 年 8 月第 1 版　2022 年 8 月第 1 次印刷
ISBN 978-7-5596-6194-4
定价：56.00 元

版权所有，侵权必究
未经许可，不得以任何方式复制或抄袭本书部分或全部内容
本书若有质量问题，请与本公司图书销售中心联系调换。
电话：(010) 64258472-800

戸川純エッセー集　ピーポー＆メー
(TOGAWA JUN ESSAY SHU PIPO & ME)
Copyright© 2018 Jun Togawa/ P-VINE, Inc.
This Chinese translation is published by arrangement
with P-VINE, Inc. Tokyo
Simplified Chinese edition copyrights
© 2022 Shanghai Lucidabooks Co., Ltd.